雲泥
上
歲見——著
虫羊氏——繪

目錄
CONTENTS

第一章　初見

深夜，街角的一家網咖亮著昏暗的燈，店裡男生敲著鍵盤的聲音劈裡啪啦，時而伴隨著幾聲骯髒咒罵。

角落的空調有一下沒一下地送著冷氣，混雜著嗆人的菸味和汗腥氣，讓屋裡的氣味變得格外難以言說。

雲泥早就習以為常。

這是她在網咖打工的最後一週，下個月三中開學，高三的課程緊湊時間少，這裡的工作她肯定是做不了了。

雲泥點開打工群，把自己在群裡的備註從已就業改成了待業中，順便又翻了下最近的打工消息。

有一個在三中附近的燒烤攤在招鐘點工，工作時間是從晚上十一點半到凌晨一點半，二十塊錢一個小時。

她加了對方好友。

等通過的空隙，雲泥看了眼電腦右下角的時間，已經過了一點，再六個小時，就可以下班了。

她長呼了口氣。

到了後半夜，網咖裡的聲音逐漸小了下來，一起值夜班的同事周行站起身伸了個懶腰，

「我出去透口氣，妳看著點。」

雲泥正和燒烤攤的老闆溝通工作的事情，頭也不抬地說：「知道了。」

周行這口氣透的有點久，都去十分鐘了還沒回來，有男生過來要泡麵，雲泥結完帳，「幾號機？等一下送過去給你。」

「六號，謝謝。」

「嗯。」

雲泥從貨架上拿了兩桶泡麵拆開加熱水，兩手各端一桶送了過去，「您好，您的泡麵。」

「放這裡就行。」男生眼睛沒離螢幕，「麻煩再泡一桶送十七號，帳等一下下機結，謝了。」

「不客氣。」

雲泥回去又拆了一桶泡麵。

十七號機也是個男生，紮染的銀髮，穿著誇張的骷髏頭T恤，臉上帶著熬夜分泌的油脂，在螢幕的藍光下格外油膩。

雲泥忽略他上下打量的視線，放下泡麵就要走，男生卻突然伸手抓住她的手腕。

她嚇了一跳，猛地甩開男生的手，往後退到安全距離，神情嚴肅，「你做什麼？」

吳飛噗嗤笑了聲，雙手墊在腦後，「我還能做什麼？我就是想叫妳幫我再拿瓶飲料，美女妳是不是想太多了？」

雲泥不想惹事，憋著口氣道歉，誰知男生得寸進尺，還說她剛才把他手臂甩疼了。

「我現在敲鍵盤手腕這裡都疼，妳說怎麼辦？」吳飛笑得越發下流，言語也變得不堪，「不如，妳過來幫我揉一揉怎麼樣？」

雲泥不想再跟他糾纏，冷著一張臉走遠。

身後卻不停傳來吳飛和同伴交談的汙言穢語，「裝什麼啊，穿成這樣不就是給人看的嗎？」

「真拿自己當什麼大美女了？」

「能在這裡上夜班的女的能有幾個是乾淨的，說不定早就被人睡過了，立什麼貞節牌坊？」

下一秒。

難聽的話語被一聲氣急敗壞地叫嚷聲打斷，吳飛頂著一頭泡麵湯汁，怒不可遏地大吼道：「妳他媽有病啊！臭婊子！」

雲泥一口出完之前所有惡氣，索性破罐破摔，又甩手給了他一巴掌，冷聲道：「你嘴巴這麼臭，不怕噁心到自己嗎？」

「我靠！」吳飛惱羞成怒，抬手作勢要打人，被聽到聲音匆匆趕來的周行擋了下來。

「幹嘛?想打架啊？」周行是學體育的，身高腿長，露在背心外面的肌肉都是實打實的。

可吳飛也不是吃素的，仗著人多勢眾，硬是把這場架打了起來。

場面混亂嘈雜，拉架的拉架，報警的報警，雲泥被周行護在身後，腦子嗡嗡的一片空白。

很快，附近接到報警的派出所憑著只隔一條街道的距離，創下了八月最快出警速度。

打架的那幾個人被突然衝進來的警察強制分開，在場的所有人都被扣了下來，除了報警人和當事人，其餘的一個接一個核實完身分，讓沒有問題的走了。

等到查問完，涉事的幾個人被帶回派出所進行進一步的審問。

雲泥和周行坐在警車裡，霓虹警燈閃爍，她摸著手背上不知何時擦破的傷口，低聲和周行道歉，「對不起，是我連累你了。」

「說什麼呢，不就挨了幾拳嗎？又不是什麼大事。再說了，本來就是那幾個人該打。」周行不怎麼在意，「妳也別太放在心上，店裡的事情明天我會和舅舅解釋。」

易龍網咖的老闆是周行的舅舅，他只不過是暑假過來玩，順便幫舅舅看店賺點外快。

誰能想到會碰上這樣的事情？

他越輕描淡寫，雲泥的愧疚感就越重，心口像是壓著塊大石，沉的讓人呼吸不過來。

她扭頭看向窗外。

接近破曉，夜空多了些霧氣，閃爍的警燈交雜著網咖門口暗黃的光芒，昏昏沉沉的一片天。

等到了派出所，幾個人被分開一個一個進行審訊，事情的經過簡單明瞭，但雙方各執一詞，加上事發處是監視器的死角，誰是誰非一時之間也說不清。

吳飛叫嚷著自己什麼都沒做，只不過是被誤會了，心裡有氣才說了不好聽的話，誰曉得他們就動手了。

他指著臉上的巴掌印，「你們看看，這一巴掌打得我到現在都還疼呢。」

雲泥冷聲道：「那是你該打。」

吳飛一點也不怕，出口就罵，「妳他媽說誰該打？我看最該打的就是妳！賤人！」

周行原本沒打算說話，一聽這話猛地站起身，「你他媽再罵一句試試，老子今天弄死你！」

吳飛撒潑地道，「來啊，來啊，你有本事就弄死我。」

一旁的警察老錢抓住教育的機會，猛地一拍桌子，厲聲道：「都給我坐下！當這裡是什麼地方啊？！想打就打，我看你們就是吃飽了撐的，才多大年紀，天天就知道把打打殺殺放在嘴邊！都給我坐好！」

吳飛和周行互相罵了句髒話，這才消停下來。

老錢看完幾個人的筆錄，沉默了片刻，隨即抬手指了指角落的位置，說道：「李清潭，你來說一說，當時是什麼情況。」

雲泥順著老錢指著的方向看過去。

那是整間辦公室最靠近牆角窗戶的位置，男生坐在那裡，神情冷淡，臉龐英俊。

雲泥對他沒什麼印象，也不記得打架時，他在其中扮演什麼樣的角色。

只是她看見吳飛在聽到老錢叫了李清潭之後，明顯鬆了一口氣，好像是覺得穩操勝券了。

雲泥有些緊張，不知道眼前這個男生會如何描述今晚發生的一切。

是顛倒黑白？還是實事求是？

一切都是未知的。

她和在場的所有人一樣，目不轉睛地看著他。

李清潭其實和這場架沒什麼關係，和吳飛也算不上熟悉，這時被點名了也不緊張，一字一句語調很平緩，說的跟雲泥筆錄上的內容相差無幾。

言辭之間也沒有偏袒吳飛，甚至還帶著指向性，吳飛聽完有些著急，「李清潭，你不要胡說。」

李清潭看著他，「我有沒有胡說，你不是最清楚嗎？」

吳飛：「……」

老錢打岔問道：「你說你和吳飛今晚剛認識，有誰可以作證？」

李清潭還沒開口，一旁的宋堯倒先急著說道：「我！我可以作證，清潭哥和吳飛今晚才見面，是我介紹的，而且也確實是吳飛先招惹人家的，他說了很多難聽的話。」

事已至此，整個來龍去脈已經很清晰，雲泥不由得緩了口氣，繃直的後背也放鬆下來。

收回視線的剎那，男生倏地抬眸朝她這裡看過來，表情依舊很淡，而後又輕飄飄的掠過，像是隨意一瞥，並未往心裡去。

雲泥也沒太在意這些，扭過頭聽老錢讓周行打電話給家裡人。

十幾分鐘後，周行的舅舅楊易龍收到消息趕來派出所，替兩人交了罰款，又再三保證不會再犯。

「算了算了，錯也不在他們。」老錢和楊易龍也算有點交情，沒再多說什麼。

雲泥和周行向老錢道謝。

老錢說：「年輕人以後在外面遇事不要這麼衝動，拳頭解決不了任何事情的。」

他又看著雲泥，「妳也是，既然知道那裡魚龍混雜的人多，穿著打扮也要多注意些嘛。還有啊，以後這麼晚了就不要穿成這樣去這種地方，也省得招惹不必要的麻煩。」

這話彷彿是帶了刺的安慰，暖不了人，卻扎的人心寒。

雲泥眼皮動了動，喉嚨像是被塞了一把棉花，好半天才找回自己的聲音，「我知道了，謝謝您。」

「行了，都回去吧。」老錢沒往外送，抽出李清潭和宋堯的身分證，「你們打電——」

「可是我想問一下。」身後突然傳來的話語打斷了他的話。

老錢回頭，看著女生。

辦公室裡開著冷白刺目的白熾燈，女生攥緊的手，微紅的眼眶，全都暴露在眾人眼裡。

李清潭也抬頭看過去。

女生站在門口，個子不算矮，穿著簡單乾淨的白T恤和藍色牛仔短褲，身形纖瘦挺直，神情帶著呼之欲出的氣憤。

「我穿成這樣，這樣是哪樣？」雲泥看著老錢，「難道這樣的穿著就活該被人欺負，被人辱罵嗎？」

雲泥說完這句話時，老錢和在場另外兩個警察都愣了一下，場面有些尷尬。

老錢口舌之快的偏見，就這樣被一個小女孩當著面指出來，面上掛不住，半天沒開口說話。

旁邊一位警察出來打圓場，「老錢他就是隨口一說，妳也別往心裡去，妳看時間都不早了，抓緊時間回家吧。」

雲泥也沒執著要一個答案，只是話不吐不快。

儘管吐了也沒舒坦到哪裡去，但總好過一直憋在心裡，讓別人的偏見在這裡生根發芽。

她沒再多說什麼，轉身下了樓。

辦公室裡安靜幾秒，老錢用咳嗽掩蓋尷尬，坐下來繼續之前的話題，讓李清潭和宋堯打電話通知家裡人，過來領他們回去。

李清潭拿著手機，起身走到牆角一側，那裡的窗口正對著派出所的大門。

凌晨五點，天還沒完全亮，他站在窗前，垂眸看向樓外。

派出所的燈光有些昏暗，女生的步伐很快，從院子裡出去後徑直走向馬路對面。

那裡停著一輛白色富豪。

男生和他舅舅站在車外抽菸，看見女生過來，他抬手熄滅了菸。

她停下腳步和男生說話，而後男生拉開車門讓她坐進去，三人開車離開了這裡。

車尾燈漸漸消失在街角，李清潭撥出去的電話也有了回應。

對方不知問了什麼，只聽他語氣淡淡的通知對方，「你來一趟景德路的派出所。」

李清潭叫來的人是父親李鐘遠安排在盧城為他處理大小事宜的管家，人來得快，處理事情也迅速。

等從派出所出來時，天空才剛剛露白，馬路上計程車疾馳而過，街道兩旁的早餐店亮著營業的燈。

何楚文提著公事包，站在車旁，看著眼前這個比自己還要高出半個頭的少年，「我送你回去？」

李清潭搖搖頭，「不用。」

「那好，你早點回去。」何楚文沒強求，畢竟他和李清潭之間只有簡單的僱傭關係。

李清潭嗯了聲，轉身沿著派出所的白色院牆往前走。

「清潭哥！」身後有人在叫他，伴隨著急促的腳步聲，人很快跑到他跟前，少年大口喘著氣，「清潭哥，對不起啊，我不知道吳飛是這樣的人。」

宋堯不敢打電話給父母，也是李清潭讓何楚文一起帶出來的，他折騰了一夜，這時也沒什麼心情再說什麼，「算了，反正也沒出什麼大事，以後交朋友記得把眼睛擦亮點。」

「知道了。」宋堯跟著他的步伐，「清潭哥，你餓不餓啊？不然我請你吃早餐吧，反正也快到吃飯時間了。」

李清潭看著少年期盼的目光，心中了然，點頭應了下來，「好吧。」

這個時間店裡基本沒人，李清潭隨便挑了張空桌坐下。

聞到香味才覺得餓，他和宋堯一人吃了兩大碗牛肉麵，吃完從店裡出來，外面的天又更亮了，人也多了些。

宋堯捧著一杯豆漿，和李清潭並肩走在人行道上，「清潭哥，你等一下去哪裡啊？」

「回家。」

「那我開車送你啊。」

「開？」李清潭挑出他話裡某個字眼，眼神裡有很明顯的笑意。

宋堯啊了聲，糾正道：「騎，我騎車送你。」

李清潭笑了，「不用了，也沒多遠。」

「那我——」

「你回去吧。」李清潭看他還有些猶豫，又說：「打架這事跟你沒什麼關係，我也不會跟你爸媽亂說什麼，你放心好了。」

「哥我不是這個意思。」

「好了。」李清潭拍拍他肩膀，「你自己回去吧，我先走了。」

他自顧自地朝前走著，快轉彎時回頭看了眼，宋堯已經不在原地，只剩下一道從東邊落下的晨光。

回家的路上路過一家剛開門的小超市，李清潭進去買了包菸，拿錢包時他愣了一下，又伸手掏了掏另一邊口袋。

也沒有。

李清潭拿著菸從超市裡出來，站在街角抽完一根菸，仔細回想了下，最後決定回一趟先前的網咖。

他可能把家裡的鑰匙丟在那裡了。

那家網咖李清潭昨晚是第一次去，來回都是坐車，沒太注意位置，在導航上找了一圈才找到。

網咖的玻璃大門向外敞開著，門欄上的塑膠捲簾這時也拉起來了，從外往裡看，只能看到吧檯一隅。

李清潭走進去。

店裡沒了往日的熱鬧，地上還有之前打架留下的痕跡，女生拎著拖把和水桶從旁邊一道門走出來。

四目相對，彼此都認出了彼此。

雲泥停住腳步，看著男生，「請問有什麼事嗎？」

李清潭站在原地沒有動，熹微晨光從他身後照進來，給他挺拔而修長的輪廓鍍了一層微光。

他神情依舊淡淡的，連著嗓音也沾染上幾分，「我好像把鑰匙丟在這裡了，妳有看見嗎？」

「沒有。」雲泥往旁邊走，「你自己進來找吧。」

「好。」李清潭徑直走到自己之前的座位，蹲在地上把每個地方都掃了一眼，但仍沒找到。

「是這個嗎？」

他轉頭，女生站在走道那裡，手裡拿著一個太空人鑰匙圈，上面孤零零的掛了一把鑰匙。

「對。」李清潭拍拍手從地上站起來，走過去接了鑰匙，「謝謝。」

「不客氣。」雲泥繼續拖著地，地磚上泛著並不乾淨的水漬，她低著頭，露出修長的脖頸弧線，動作並不生澀，有經常做這些事而堆積出來的熟練。

好像也沒什麼可以說的了，李清潭正準備走，之前和吳飛打架的那個男生從樓上下來。迎面和他撞見，語氣帶笑，「是你啊，之前在派出所多虧你的證詞了，謝謝啊。」

李清潭說：「沒什麼，實話實說而已。」

周行又和他客套了幾句，最後說：「以後再來這裡上網，我讓我舅舅幫你打八折。」

李清潭應該是不會再來這裡了，但仍舊應下了這份好意，「好，我還有事，先走了。」

「拜拜。」

「嗯。」

目送李清潭出去後，周行朝雲泥走過去，「今晚的事情我和舅舅說了，錯不在妳，妳不用太放在心上，至於賠償我舅舅也說了，不用妳付錢，也不會扣妳薪水的。」

雲泥停下動作，抬頭看著男生，一時間不知道該說些什麼，只淡淡笑了笑說：「謝謝。」

「沒事。」周行拎起水桶，「我去換水，妳先拖。」

「好。」

拖完地，周行去樓上休息室補覺，雲泥拿好自己的東西，去了楊易龍的辦公室。

她在網咖打了兩個月的工，除去今晚楊易龍墊付的罰金以及部分賠償，拿到手的薪水只有三千二。

「這個月剩下的幾天班妳就不用過來了。」楊易龍看著她，「薪水我也照常發給妳，如果可以的話，我希望妳不要和周行私下聯絡。」

本來事情就是因她而起，雲泥也沒覺得有什麼意外的，點點頭說：「我明白。」

楊易龍沒有和她說太多客氣話，畢竟在他們成年人的世界，那些所謂的善意和包容簡直就是笑話。

雲泥從網咖出來時，外面天已經大亮，夏日初晨的陽光帶著薄薄的暖意，道路旁的早餐鋪都開始擺攤了。

灑水車穿過整座城市，帶起一陣溼潤的水意。

她沿著街道走到公車站，擠在上班族的人流裡上了回家的公車，一路晃晃停停，兩側的梧桐樹影在眼前一閃而過。

上班尖峰時段將原本半個多小時的車程延長了二十幾分鐘，雲泥從公車上下來時，空氣裡已經有了些幾分夏日的燥熱。

她在社區門口常吃的早餐鋪買了兩個包子，轉進一旁的老式社區，裡面是隨處可見的髒亂。

僅有八棟樓，牆皮在風吹日曬裡脫得斑駁細碎，各家窗前花花綠綠，衣衫隨風晃動。走近了還能隱約聽見某家某戶傳出的說話聲，公寓大樓前原有的防盜門年久失修，毫無顧忌的敞開著。

雲泥走到最後面的一棟，樓下還有幾個老太太坐在那裡剪毛線頭，都是眼熟的鄰居，她打了聲招呼，徑直上了三樓。

一層兩戶，雲家在右邊，不同於隔壁門前的溫馨布置，雲家門口簡單又冷清。

推開門，屋裡一如既往地安靜，一房一廳的格局，陽光穿堂而過。

雲泥放下包，去廁所洗了把臉，坐在桌旁點了一遍剛拿到的薪水，加上平時白天做的其他打工，差不多有四千塊。

她拿出一部分作為學費和必要開支，剩下的打算等下午出門時，順便存到銀行裡。

雲泥小學六年級那年，父親投資生意失敗破產，母親徐麗在同年被查出患有尿毒症，透析化療了兩年多，病情卻突然惡化，換腎也無濟於事，在第三年冬天去世。

屋漏偏逢連夜雨，雲泥的父親雲連飛在出殯回來的路上遇到車禍，左腿落下終身殘疾，如今跟著老鄉在不同城市的工地做電工。

家裡債臺高築，雲泥國三時就開始打各式各樣的工，這樣的日子她已經過了三年，遠看不到盡頭。

算好帳，雲泥起身去洗澡，隨後一覺睡到下午兩點多。

她四點還有個打工，在不同學校附近的社區發傳單，從四點到七點，一個小時十三塊。

今天正好被分在三中附近。

雲泥和另外兩個女生一起，這個時間社區門口還沒什麼人，三個人站在樹蔭底下。

夏日午後，萬里晴空，風裡帶著揮不散的熱意。

直到六點多，社區門口的人流才逐漸多起來，李清潭接到朋友電話從家裡出來，剛走到社區門口，朋友又打來電話，他邊走邊接，忽然從旁邊遞過來一張傳單。

「您好，啟明補習班要了解一下嗎？」

女生的聲音輕淡，捏著傳單的手腕纖細，李清潭下意識順著看過去，卻在看清女生的樣貌時頓了一下。

他在對方的眼裡看見同樣的驚訝。

朋友在電話那頭催促著，李清潭沒有多說什麼，接過傳單匆匆離去，暮色夕陽下，少年的身影走在人群裡，逐漸遠去。

蔣予叫的車停在馬路對面，李清潭拉開後面的車門坐進去，他叨叨個不停，「你幹嘛呢？比女生還磨蹭。」

李清潭低頭看手裡的傳單，淡聲反駁：「十分鐘，從你打電話到我出門，才過了十分鐘。」

「……」蔣予嘁聲，「你看什麼呢？」

「傳單。」李清潭抬起頭，看向窗外，隔著不遠的距離，看見不停發傳單給路人的女生。

她個子真的挺高的，穿了件黑色的T恤和淺藍色的牛仔長褲，兩條腿纖細筆直，樣貌也出挑。

是站在人群裡，一眼就能讓人看得見的存在。

一如此時。

李清潭和蔣予吃完飯已經過了十點，蔣予約了朋友去唱KTV，他對這類集體活動不感興趣，獨自搭車回家了。

計程車在遠離市中心的高架上快速行駛著，窗外林立的高樓亮起粼粼燈光，宛若銀河垂落，變化莫測。

跟記憶裡的廬城相去甚遠，李清潭閉上眼睛，晚風拂面而來，乾燥、溫涼，夾雜著數不盡的汽油味。

這樣靜謐而安寧的時刻僅僅持續到他下車，便被一通在意料之中的電話打斷。

李清潭坐在社區裡給兒童玩樂的溜滑梯上，聽著李鐘遠一聲又一聲的責問。

『何祕書今天早上打了一通電話給我，說你因為打架鬧去了派出所，你怎麼回事？』

——哦，早上打的電話，你現在才想起來問我？

『你是不是忘了我是因為什麼才把你送去廬城的？』

——打架。

『你要是再這樣胡鬧下去，你就給我滾到國外去。』

——滾就滾。

李鐘遠在電話裡說一句，李清潭就在心裡回一句，無聊，也挺沒勁的。

他掏了掏另一邊耳朵，冷不丁打斷李鐘遠的話：「我知道了，以後不會再有這樣的事情發生。」

李鐘遠被他突如其來的認錯措手不及，停了幾秒才說：『也就剩下一年的時間，高三我會接你回來，到時候等升學考結束，迎接你的只會是大好人生。』

這樣的話在李鐘遠決定將他送來盧城時，已經說過很多遍，李清潭早就厭倦了，懶得再爭辯什麼。

李鐘遠嘆氣：『算了，我這裡還有些事，你自己看著辦吧。』

他好像永遠很忙。

小時候忙到沒有時間來看他和母親，母親去世後沒有時間來看她最後一面，現在也同樣沒有時間來管他。

李清潭已經習慣了。

回到家裡，偌大的房子冷清又安靜，他站在陽臺抽菸，青白的煙霧騰起，風一吹就散了。

遠方的天空黑得沒有那麼乾脆，泛著深沉的藍，朗月繁星。

明天大概又會是好天氣。

雲泥傍晚發完傳單回家迷迷糊糊的又睡了幾個小時，醒來已經是晚上十一點。

她起來隨便煮了點麵條填肚子，吃飽後洗了澡，把這幾天堆積的衣服塞進了洗衣機裡。洗衣機是雲連飛去年從二手家電市場買回來的，又破又舊，洗衣服的聲音特別響亮。

雲泥起身關了門，拿著手機坐在桌旁，手機裡有周行傳來的訊息，問她今天怎麼沒來上班。

她沒有回，開始聽英語聽力寫卷子。

雲泥在三中的成績算不錯，班導師也了解她家裡的情況，對於雲泥平時蹺晚自習去打工這件事也是睜一隻眼閉一隻眼，但班導師之前也說了，到了高三就不會再放任她這麼自由。

好在燒烤店的工作她已經溝通好，開學第二個星期上班，工作時間和晚自習也不衝突。

夜漸深，窗臺前低頭伏案的身影卻始終沒離開過。

又是一夜，無風也無雨。

新的一天降臨，城市褪去黑夜裡的繁華，那些藏在角落的灰敗和老舊重新暴露在日光之下。

世間眾人各司其職，穿著各色衣服的人穿梭在城市的每個地方，學風嚴謹的校園、高聳入雲的辦公大樓、鱗次櫛比的商場……

日子一天又一天，循環往復，此消彼長。

雲泥開學前最後一次打工是在三中附近的一條商業街，替一家淨水器公司發傳單。

今天跟她一起的是兩個男生和一個女生，四個人邊走邊發，一起來的三個人很快聊到一起。

雲泥不擅交際，平時在學校也獨來獨往，朋友寥寥無幾。

今天的氣溫有些高，空氣很悶，有下暴雨的徵兆，她抱著傳單站在一旁，看著來來往往的行人。

李清潭就是這個時候出現在她眼前的。

男生從對面巷子裡走出來時，雲泥還以為自己看錯了，但仔細看了一下，又確定是他。

因為他那張臉，見過的人都很難忘記。

男生穿著白T恤和黑色五分褲，漆黑的頭髮理得乾淨俐落，正低著頭看手機，步伐很慢。昏沉的夕陽從他身後落下來，光影的糅合讓他的五官輪廓看起來更加立體和清晰。

開始起風了。

他像是才回過神，加快步伐過了馬路，身影被拉得很長，直至消失在人群裡。

雲泥收回視線，繼續往前走。

走到下一個路口時，天空忽然開始打雷，夏天的暴風雨來得突然又急促，雨水傾瀉而下。

四個人都沒帶傘，拿著傳單擋在腦袋上，飛快地跑到旁邊一家便利商店門口躲雨。

冰涼的雨水澆散了近日的沉悶和燥熱，空氣裡都是溼潤的水氣，一起打工的女生徐靜抹了抹臉上的雨水，語氣有些鬱悶，「不是說今天不會下雨嗎？煩死了，我早上才洗頭髮。」

男生笑道：「夏天嘛，變天很快的，天氣預報也不準。」

說完遞了張餐巾紙給女生，也順便遞一張給雲泥，「快擦擦吧，妳頭髮都溼了。」

雲泥接了過來，說：「謝謝。」

「不客氣。」吳揚藉此找到和雲泥說話的契機，「欸，妳哪個學校的啊？之前幾次打工都沒見過妳。」

「三中的。」

「啊，那妳和我們都不是同個學校的，我是四中的，他們是二中的。」吳揚又問：「我們是高二的，妳呢？」

雲泥轉過頭看他，「我是高三的。」

「那是學姐啊。」吳揚又說了些什麼，見雲泥興趣缺缺，也不怎麼和她說話了。

雨聲只大不小，進出便利商店的人越來越多，門口這一小塊乾地也很快擠滿了人。

店裡，李清潭吃完最後一口關東煮，看著站在玻璃牆外面的女生，半天沒動作。

說來還挺巧的，從上一次派出所的事情之後，他已經是第二次在外面碰見她了。

只是每一次遇見，她都在工作。

網咖、社區門口、便利商店，無一例外。

今天好像又在發傳單。

李清潭看到她手臂上搭著一疊藍色的傳單，因為沾了雨水，紙張有些模糊和捲曲。

他微瞇著眼，想要看清上面寫什麼。

正想湊近看，女生卻像是察覺到什麼忽然轉過頭，兩個人猝不及防地隔著玻璃對視。

李清潭第一次這麼近的看清女生的長相。

眼型很漂亮，眼尾細長，眼珠是剔透的琥珀色。鼻梁挺翹，皮膚白皙如玉，鼻梁上有一顆很小的痣。

應該是沒想到會在這裡見到他。

她的神情不同於之前幾次的疏離冷淡，顯得有些呆。

有點反差萌的感覺，李清潭忍不住想笑。

下一秒，他就真的笑了出來。

李清潭這個笑來得突然又突兀，但不可否認的是，他的那張臉配上這個笑，很帥。

他懶散地坐在那裡，臉又白又乾淨，漆黑明亮的眼，黑髮在燈光的映襯下顯得蓬鬆而柔軟。

窗外風雨交加，道路兩側的梧桐樹嘩啦啦落著葉，乾淨的玻璃牆外，少女站在僅有的安全地帶，烏髮被風吹起而黏在臉側。

那一個瞬間，李清潭的腦海閃過無數個電影畫面，可每一幀都是模糊而迅速的，唯一清晰的就是少女的那雙眼睛。

澄澈而安靜，像是一汪波瀾不驚的潭水。

約莫只有幾秒的光景，遠處又一聲雷鳴，轟隆隆地，攜著大雨朝這座城市席捲而來。

雲泥回過神，收起那一分在無意間露出的真實反應，朝著坐在便利商店裡的少年輕輕頷首，露出一個禮貌的笑容。

而後又很快地把視線轉回去，和先前判若兩人。

李清潭覺得好笑，沒忍住又笑了一聲。

暴雨正是盛時，他出門沒帶傘，一時之間也走不了，側著身體坐在那裡，手臂支在桌面上托著腮，視線落在窗外，修長的指節有一搭沒一搭地敲著桌面。

莫名其妙的，看著看著，視線總是偏離重點，落在人身上。

一次又一次。

夏天的雨來得快去得也快，持續了半個小時左右，雨勢逐漸變小，李清潭玩了兩局遊戲，才收到蔣予的訊息。

『等紅燈，還有一分鐘。』

李清潭收起手機往外看了眼，外面躲雨的人少了一半，女生和她朋友仍舊站在角落的位置。

他起身在店裡買了瓶水，走出去看見蔣予正在過馬路。

男生撐著把寬大的黑傘，步伐迅速，很快地走到他面前，伸著頭前後左右看了一圈。

李清潭輕挑眉，「你找什麼？」

「人啊。」蔣予把手上另外拿著的兩把傘遞給他，「你不是讓我多帶兩把傘嗎，人呢？」

李清潭沒解釋，接過傘把水遞給他，徑直走向一旁。

蔣予站在原地，擰開瓶蓋仰頭喝水，餘光瞥見李清潭走到一個女生面前，把手裡的兩把傘遞過去。

傘、女生。

蔣予眼睛都瞪大了，一激動剛喝進去的水嗆在喉嚨裡，低頭猛咳了幾聲，聲音有些大，李清潭回頭看了他一眼，又轉回來看著女生，低聲說：「拿著吧，你們不是沒傘嗎？」

雲泥抿抿唇，伸手接過去，「謝謝。」

「不客氣。」

「你留個電話給我吧，等回去了我把傘還給你。」

「不用了。」李清潭垂著眼，睫毛濃密，「等下次見面再還給我吧。」

「欸——」雲泥話還沒說完，他人已經轉身走了。

雲泥看著手裡的兩把傘。

下次。

他怎麼確定還有下次呢？

蔣予緩過那陣勁，剛想過去湊熱鬧，李清潭人已經回來了，兩手空空。

「我靠！李清潭！你你你——」

「我什麼？」李清潭笑了聲沒多說，手臂搭上他肩膀，帶著他往雨裡走，「回去了。」

「不是，你讓我看一眼。」

蔣予還想回頭看看女生長什麼樣子，被李清潭搭在肩膀上的手牢牢捂住半張臉，「唔你他唔唔媽——」

掙扎到最後，李清潭索性從他手裡奪過傘，獨自一人徑直往前走。

恰好迎面來風，蔣予被淋了一頭一臉的雨，也顧不上回頭看人長什麼樣子，罵罵咧咧追上去，「李清潭！你他媽是人嗎！」

「好奇心害死貓啊，少年。」

男生的說話聲伴隨著遠去的身影逐漸消失在街角。

與此同時的便利商店門口，雲泥看著走遠的人影，把手裡的另外一把傘遞給一起來的男生，「我們走吧。」

她和徐靜共撐一把傘，女生忍不住八卦道：「學姐，剛剛那個男生是妳朋友嗎？」

說朋友其實算不上，但雲泥也不知道怎麼描述她和李清潭的關係，只好先「嗯」了聲。

「那他也是三中的嗎？長得好帥啊。」

雲泥搖搖頭說：「不太清楚，我們是在校外認識的，也就見過幾次，不是很熟。」

徐靜顯然不信雲泥的話，但人家不想聊，她也沒好意思再問。

雨一直下到天黑，四個人將剩下的傳單隨便發了發，在街頭晃到下班時間才回去。

走之前雨已經停了，吳揚把傘還給雲泥，「學姐再見。」

「拜拜。」把他們三個送上車，雲泥才往家的方向走，到家之後，她把兩把傘撐開放在陽臺。

傘都是黑色折疊款，傘面內裡的邊緣處用藍色絲線繡了一個李字。

她想起男生的名字。

——李ㄑㄧㄥ ㄊㄢˊ。

中華漢字千千萬，這兩個字的組合又何其多，雲泥有些後悔沒問清楚他的名字。

她蹲在那裡，看雨傘上的水滴在地磚上。

過了一陣子，外面又開始下雨，她才起身去洗澡。

明天是三中開學的日子，雲泥晚上睡覺前接到了雲連飛的電話，照例是問一些天氣吃飯念書的瑣事。

雲連飛問什麼，她答什麼。

自從母親徐麗去世之後，雲連飛便常年在外做工，兩人一年到頭也見不到幾次面，久而久之，除了這些，他們父女之間好像也不知道該說些什麼，關係也變得有些尷尬。

說親密，血濃於水當然親密，但那份親密之間總是透露著因為時間和分別而有的生疏。

雲連飛在電話裡叮囑著，『妳一個人在家多注意安全，晚上早點回來，我在這邊也挺好的，妳不用擔心我。』

「嗯。我知道。」雲泥深吸一口氣，「爸——」

『怎麼了？』

——我昨天看預報，杭州好像降溫了，您平時上班多注意保暖。

雲泥把這句話在心裡醞釀了幾遍，張口卻是：「沒事，我睡了，您也早點休息。」

『好的。』

掛了電話，雲泥躺在床上，心情有些複雜。

她在三中有一個朋友，叫方淼。

雲泥見過她和自己父親相處時是什麼樣子，該撒嬌時就撒嬌，該鬧脾氣就會鬧，愛意和關心都能及時告知對方，總不會像她和雲連飛這樣。

既親密又生疏。

處處透著欲言又止的尷尬。

房間只開了盞小夜燈，一片昏暗，隔壁鄰居家不時有歡聲笑語傳出來。

雲泥翻了個身，看見擺在床頭櫃上的全家福。

她伸手拿過來，指腹摩挲著照片裡母親的臉龐，忽然有些難過。

第二天一早，雲泥在家裡吃完早餐，出門時看見放在陽臺上的兩把傘，想了下還是收起來放進書包裡。

萬一呢。

真的像他說的那樣，還會有下次。

出了門走到車棚，雲泥才想起忘記拿車鑰匙，又跑上樓拿了鑰匙，等到從社區騎出去已經快七點半了。

三中離她家不是很遠，雲泥每次都是騎自行車去學校。

暴風雨過後的城市煥然一新，氣溫也跟著降了幾度，早起的風裡少了燥熱多了些涼意。

少女騎著車，藍白色的身影穿梭在大街小巷之中，風灌進校服又捲起她的長髮，畫面一幀一幀的，像是電影裡的鏡頭。

雲泥到學校時還不到八點。

高三的教室早在暑假之前就安排好了，理組二班在三樓，正對著茶水間。

她鎖好自行車，書包拿在手上，三步併成兩步，飛快地上了樓。

教室裡已經有不少同學來了，方淼早早替她占好了位子，正在和別的小姐妹聊天。見到她，人沒動，抬手指了下最後一排，「老位子。」

雲泥點點頭，「好。」

方淼起身走到她面前，「老劉叫妳來了之後去趟他辦公室。」

老劉全名劉毅海，是二班的班導師，雲泥放下書包，「老劉有沒有說找我什麼事？」

「沒呢。」

「那我先去看看，試卷在我書包裡，妳自己拿。」

方淼甜甜一笑，「好的。」

劉毅海的辦公室在四樓，雲泥過去時，他正準備去教室，抬頭見人已經到了，又放下手裡的試卷，「妳來了正好，跟妳說件事，我這邊有個家教的工作，是妳師母朋友的女兒，剛上國三，數理化都不是特別好，想找個老師週六補補基礎，妳師母跟人家說了妳的成績，對方還挺滿意的，讓我過來問問妳的意思。」

雲泥都沒怎麼思考，「我沒問題，謝謝劉老師，也謝謝師母這麼關心我。」

她之前也找過家教的工作，但人家總覺得她才高中，在輔導課程上不如大學生更專業和全面，也就不了了之了。

「那行，就先這麼說，我回頭讓妳師母確定一下。」劉毅海拿起桌上的試卷，「走吧，回教室了，等一下還有考試。」

「好。」

開學前兩天都是考試，之後就是高一的軍訓表演和開學典禮，高三不參與這項活動。

窗外「一二一」喊得正響亮時，所有高三生正在教室裡奮筆疾書，理組二班這節是國文課。

雲泥聽了半節課，伸手從包裡拿手機時，摸到了放在包裡的兩把傘。

她這幾天一直帶著這兩把傘，平時上學放學的路上也都有意無意的在人群裡尋找那道熟悉的身影。

但自從那天在便利商店分開之後，雲泥就再也沒偶遇過這兩把傘的主人。

廬城說大不大說小不小，想找一個人，如果沒有任何關於他的資訊，無異於大海撈針。

雲泥漸漸放棄了能把傘還回去的念頭。

週五那天，全校大掃除，方淼是班裡的衛生股長，安排雲泥最後和她一起倒垃圾。

等到兩人從教學大樓出去時，已經是傍晚。

暮夏的傍晚，夕陽的光芒層層交疊在雲層之中，暈染出不同飽和度的光影，整片天空低垂，鎏金色的光芒籠罩著大地。

方淼低頭踢著腳邊的石頭，邊走邊說，「學校附近好像新開了一家過橋米線，我們今天去吃吃看？」

「好啊。」雲泥對吃的沒什麼想法，一般都是能填飽肚子就行。

「那我們要走快點了，不然等職高和四中的放學了，我們不知道要排到什麼時候。」

三中附近學校很多，每到下課放學外面街道都堵得水泄不通，後來幾個學校商量了一下，把上下學的時間錯開半個小時。

方淼說的那家過橋米線在街尾，位置還挺偏遠。

她們不趕巧，走到最後一個馬路口時，對面職高和四中的學生放學了，學生如潮水般湧出來。

職高不像普高，不要求學生穿校服。

雲泥看著穿著各式各樣衣服、打扮新潮、妝容精緻的男生女生陸陸續續走出校門。

人潮都湧過來了。

她一邊看路上的車，一邊去捉方淼的手臂，溫熱的掌心猝不及防地握住一片冰涼。

雲泥猛地回過頭。

男生穿著校服，敞著胸露出裡面的白T恤，右手抄在長褲口袋裡，左手被她牽在手裡。

他逆著光，停在來往的人群裡，身形清瘦高挑，漆黑的眼裡都是始料未及的笑意。

第二章　訓練

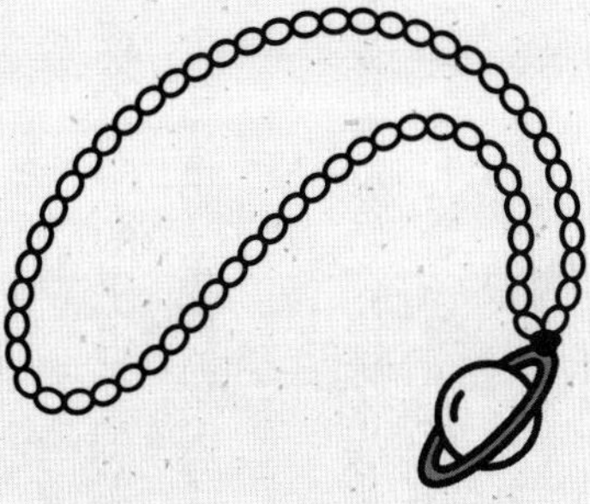

人潮湧動的街頭，牽著手的少年和少女被昏黃的暮色籠罩著，像是經典老電影裡，男女主角一眼萬年的那個鏡頭。

帶著刻骨銘心的怦然心動。

少年眼裡的笑意如同這暮夏的晚風，清晰又溫柔。

他微低著頭看她，語調懶洋洋的，「同學，妳怎麼回事啊？」

許多年後，雲泥再回想起這一刻，忽然明白那一時心潮起伏的悸動並非錯覺。

而那時候，她孤身一人留在廬城讀書，失去李清潭的所有消息，好似前塵往事只是年少時擁有的一場美夢。

此時此刻，雲泥被來往的人群無意撞了一下，身形晃了晃，抓著男生的手也立刻鬆開了。

她有些尷尬地看著李清潭，少有的臉紅耳熱到快要爆炸，「不好意思，我拉錯人了，我不是故意的……」

李清潭正準備說什麼，被晚來一步的蔣予勾住肩膀，「走啊，你怎麼站在這不走了？」

說完，蔣予看見站在李清潭面前的女生，有些意味不明的「啊」了聲，「那什麼，我是不是打擾你們了？」

李清潭任由蔣予把一半重量壓在自己肩上，仍舊看著雲泥，沒收笑也沒說話。

雲泥不知道怎麼說，正好已經過了馬路的方淼發現她沒跟上，站在路對面喊她。

她不好停留，認出男生身上的校服是三中的，問道：「那個，你是三中幾班的，我下週把傘還給你。」

李清潭這才開口，「高二五班。」

他的聲線依舊冷冷淡淡的，和臉上的笑意並不匹配，雲泥猜想可能是天生嗓子的原因。

說完，李清潭想起什麼，又補了一句，「理組五班。」

雲泥點點頭，邊往後退邊說，「那我週一下午下課之後過去找你。」

「行。」李清潭看著她跑到路的另一邊，朋友挽上她的手臂，兩個人邊走邊說。

不知聊到了什麼，她很輕地笑了一下。

蔣予伸手在李清潭眼前晃了一下，「喂，回神了大哥，人家都走沒影了，你還盯著看什麼呢？」

李清潭懶得和他廢話，快步往前走。

蔣予追上去，意有所指道：「她說要還你傘，你什麼時候這麼好心，把傘借給人家女生了？」

話音剛落，他突地想起什麼，「我靠！她不會就是那天在便利商店的那個女生吧？」

李清潭被他炸得耳朵疼，抬手推開他的腦袋，「是又怎麼樣？」

「我說呢，你他媽怎麼不讓我看她長什麼樣。」蔣予哼笑：「不就是怕人家覺得我長得比你帥嘛。」

「……」李清潭扭頭看著他，用很正經的語氣說道：「你在做夢？」

蔣予：「還能不能好好聊天了？」

「不能。」

「靠……我說真的，你能找我做你的朋友，絕對是上輩子吃齋念佛普渡眾生修來的福氣。」

「我情願沒這個福氣。」

「……」蔣予說：「我要被你氣死了。」

「別死，佛渡人，不渡傻子。」

「我真死了。」

李清潭悄然笑出聲。

夕陽西下，兩道身影漸行漸遠。

雲泥和方淼到店裡時門口已經在排隊了，但慶幸的是隊伍不長，只排了幾分鐘。

等米線端上來，方淼埋頭吃了幾口，又咕嚕咕嚕喝了半瓶汽水，才抽出時間說話，「高二的？我也不太清楚，不過你們這個緣分真的可以。」

三中高一高二高三都不在同一棟樓，平時除了學校有活動能遇到，其他時間很少能接觸到。

方淼聽雲泥說起她和李清潭的事情，也只是對名字有些熟悉，人和臉都對不上。

雲泥也覺得挺巧的，但這個巧僅僅只能用在她可以把傘還回去的分上，至於其他的，那不是她該想的事情。

隔天是週末，雲泥依舊去打了兩天工。

週日晚上，她接到師母楊芸的電話，敲定了補課的事情，從下週六開始，一百塊三個小時，每週一次。

正好燒烤店的打工也是從下週開始，她仔細算了下兩份打工的薪水，沒再在週日安排打工。

畢竟已經高三了，總要空出時間念書。

忙完這些，雲泥從書包裡翻出張數學卷子。

具體的數字能帶給她物質上的滿足，而這些抽象的數字一樣能帶給她不同於物質滿足的充實。

寫完已經是深夜，雲泥揉了揉酸澀的肩膀，起身出去倒水，看見放在沙發上的兩把雨傘，莫名想起那天在街頭發生的事情。

但記憶裡的畫卷才展開一角，她便立刻收起思緒，走過去拿著傘回到房間，和試卷一起收進書包裡。

次日是週一，三中上午有升旗儀式。

雲泥是之前開學月考那一次的年級第一，在升旗儀式結束之後，要代表理組班上臺演講。演講稿是方淼替她寫的，文組班代表在上面演講時，雲泥正在底下順稿子的內容。

陽光鋪天蓋地，燥熱而沉悶。

伴隨著四周一陣掌聲響起，站在隊伍末尾的李清潭抬起頭，光線有些刺眼，他微瞇著眼。耳邊是一道字正腔圓的聲音，「下面有請，高三理組二班的雲泥同學上臺演講。」

李清潭愣住，隨即抬眸看向前方。

演講臺在看臺的第二層，女生從側邊的樓梯快步走上去，老師替她調整麥克風的高度。隔得遠，李清潭看不清她跟老師說了什麼。

操場四周很快被那道清冷平緩的聲音覆蓋，不同於上一個的抑揚頓挫，她的語氣更像是在彙報工作。

聽不出太多的情緒起伏。

但李清潭還是認真地從頭聽到尾，因此也聽出她在結尾致辭時有一秒的停頓。

也不知道是因為什麼。

他有些好奇。

李清潭的這點好奇心一直持續到傍晚雲泥過來找他時。

那時才剛下課，她就已經站在五班門外，手裡拎著一個紙袋，瞧見他從教室出來，欲言又止，「那個——」

李清潭其實很早就看見她了，卻偏偏裝作沒看見，故意和蔣予往和她相反的方向走。

一步兩步三步——

「李清潭！」

聽到意料中的聲音，李清潭輕輕笑了下。

正在低頭看手機的蔣予疑惑地抬起頭，轉臉看著他，「剛剛是不是有人喊你啊？」

李清潭「嗯」了聲，「你先走吧，我有點事。」

「欸——」蔣予轉身看著他，「你有什麼……」事的尾音淹沒在看見女生的那一瞬間。

靠，無言。

如果可以，李清潭現在已經被他暗殺了。

雲泥叫了李清潭之後，見他轉身往回走，也跟著迎上去，兩人站在五班教室後門口。

她很官方的說道：「你的傘，那天謝謝你了。」

「沒什麼，順手的事情。」李清潭接過她手裡的袋子，看見裡面除了傘還放了兩瓶水。

雲泥沒打算和他多聊，看了眼遠處操場奔跑的身影，說：「那我先回去了。」

兩個人不算熟，也沒什麼話題可說，李清潭點了點頭說：「好。」

樓梯在走廊盡頭。

李清潭站在原地看著她走遠，直至身影消失在視野裡，他才忽然想起來剛剛忘了問她那件事。

他扭頭往樓下看，女生剛剛走出教學大樓，背影挺直，落下的影子在夕陽的拉扯下顯得很長。

李清潭往前傾了傾，手臂搭在欄杆上，朝著那道身影喊了聲——

「學姐。」

雲泥一開始沒聽出那是李清潭的聲音，直到他喊出第二聲，她才意識到什麼，回頭看了眼。

男生趴在二樓走廊的欄杆上，眉眼攏在餘暉的光影裡，挺立而清晰。

她微仰著頭，「有事？」

李清潭「唔」了聲，身形微晃，「妳早上演講的時候，為什麼到結尾頓了一下？」

意料之外的問題，雲泥愣了下才說：「稿子不是我寫的，不熟。」

她沒有一點隱瞞，畢竟這也不是什麼很嚴重的事情。

「這樣啊。」李清潭微勾著唇，抬起手臂和她揮手，「我沒事了，學姐再見。」

「嗯。」

雲泥頭也不回地離開了這處。

回到教室，方淼已經買完晚飯回來，坐在那裡邊吃邊看電視劇，見雲泥回來，她抬頭問了句：「傘還回去了？」

雲泥「嗯」了一聲，「還了。」

「那快點來吃飯吧，麵都要爛了。」方淼把手機往桌子中間推了推，「我最近新追的劇，還挺好看的。」

雲泥打開麵的包裝盒，看了手機螢幕一眼，「叫什麼？」

「《人是鐵飯是鋼》。」

「……」她下意識接上後半句，「一頓不吃餓得慌？」

「沒有。」方淼笑起來，「人家就叫《人是鐵飯是鋼》，沒有下一句。」

「哦。」雲泥低頭吃麵，「這名字取得還挺別致的。」

方淼笑起來沒個收斂，差點笑背氣，最後麵沒吃完，手機還被正巧路過教室的教務主任沒收了。

最倒楣的是，她因為帶手機到學校來被罰抄五遍校規，而雲泥因為知情不報，也被連帶罰了兩遍。

抄完已經是星期三的事情，雲泥仿著方淼的筆跡幫她分擔了一點，「走吧，于主任應該認不出來。」

方淼感動到不行，「中午我請妳吃飯！加兩個小雞腿的那種。」

「妳幫我帶飯就好，我補個覺。」雲泥已經開始燒烤攤的打工，每天工作到一點半，睡眠時間縮減了很多。

「好，妳說什麼都好。」

兩個人說說笑笑走到思政樓，于主任的辦公室在二樓，雲泥和方淼過去時，聽見他正在訓幾個男生。

「——問你們話呢，手機到底是誰的？裡面的電影又是誰下載的？你們再不說我就把家長請過來！」

于主任正值壯年，聲音格外洪亮，訓斥完聽見敲門聲，見是雲泥和方淼，對著幾個男生道：「多跟你們學姐學學，兩個人每次都是年級前五十的好學生，你們呢？學校有多少人你們就能考多少名！」

說罷，他放緩了語氣問雲泥和方淼，「妳們兩個有什麼事情啊？」

「我們來交您之前罰我們抄的校規。」雲泥說完，站在一旁的方淼上前一步，手舉著抄寫的校規，彎腰向于主任鞠了個躬，一本正經道：「于主任對不起！我已經深刻認知到我的錯誤了，我不該帶手機來學校，也不該在教室使用它，更不該拉著同學一起看影片。」

于濟瑋：「……」

辦公室安靜了幾秒，站在一旁的男生你擠我我擠你不停偷笑。

于濟瑋猝不及防地被打臉，動作有些粗魯地拽過她手裡的紙張，語氣不耐，「好了好了，回去吧。」

雲泥連忙放下自己的那一份，拉著方淼從辦公室跑出去。

兩個人一直走到一樓，站在那裡妳看我我看妳，終於沒忍住笑了出來。

笑夠了，方淼揉著肚子，氣息還沒緩勻，「真慶幸碰上那幾個男生，不然我們今天不知道要被訓到什麼時候了。」

雲泥喘了口氣，回頭看了眼二樓那間辦公室的位置。

方淼問：「怎麼了？」

「剛剛那幾個男生，有一個我好像在哪裡見過，有點眼熟。」當時情況特殊，她也沒認真去看，只是隨意瞥了眼。

「不然我再陪妳上去看看？」

「不用了，也不是什麼重要的人。」雲泥挽上她的手臂，「走吧，回去了。」

「好。」

高二五班。

英語老師一進教室看到班裡空了幾個座位，放下教材問道：「後面那幾個去哪了？」

班長程書回了句：「被教務主任叫走了。」

英語老師笑了，「又幹什麼壞事了？」

有調皮的男生接話：「上課玩手機。」

「還看色情電影！」

班裡哄笑起來，趴在桌上的李清潭被吵醒，抬頭看向窗外，烈日晴天，萬里無雲。

已經九月了，廬城的氣溫還是很高。

他摸出手機放在桌底玩遊戲，玩著玩著突然跳出一則訊息。

宋堯：『清潭哥，我媽媽叫你這個週六來我家吃飯，你有沒有時間？』

宋堯的母親程雲華和李清潭的母親呂新以前是很好的朋友，呂新去世之前一直帶著他住在廬城，程雲華很照顧他們母子。

李清潭慢吞吞地敲著鍵盤。

『有時間。』

『好的，那我晚上回去和我媽說。』

『嗯。』

一節課過半，蔣予他們才回來，一回到座位上，他就和李清潭說道：「我剛剛在老于辦公室見到雲泥學姐了。」

「嗯？」李清潭手裡的動作一頓，落下的方塊沒來得及調整位置，其餘方塊一錯再錯，遊戲game over。

蔣予語速很快地把在于主任辦公室發生的事情說了一遍。末了，他嘆氣：「怎麼同樣都是玩手機，待遇就差這麼大呢？」

李清潭輕笑，「能一樣嗎？」

「靠，你能別這麼重色輕友嗎？」

「是我重色輕友嗎？」

「難道不是嘛？！」蔣予就差沒吼起來了。

李清潭側頭瞥他，聲音很淡：「你拿手機幹了什麼才去老于辦公室，你心裡沒數嗎？」

「……」

蔣予低聲罵罵咧咧，正準備繼續玩手機，又想起什麼，從李清潭桌上翻了個乾淨的本子開始寫檢討書。

剩下的幾分鐘李清潭沒再玩手機，也沒聽課，目光看向窗外，隔得很遠的對面是高三的教學大樓。

紅牆白瓦，倦鳥歇腳在屋簷，風一吹，又飛向遠方。

一週剩下的兩天時間潦草又匆忙。

雲泥在燒烤攤的打工還算輕鬆，因為是在學校附近，週末一放假就沒什麼人，老闆娘沒要求她週末也來。

正好週六也有家教課，這樣一來，兩天的休息日她完全可以自由支配。

週六一早還不到七點鐘，雲泥就起床了，把家裡大掃除了一次，中午楊芸又打來電話和她確認下午的家教。

『地址我傳給妳了，妳過去的時候注意安全，有什麼問題回來和我說，不方便的話和妳劉老師說也行。』

雲泥心裡有些暖，「好，謝謝師母。」

『那就先這樣，我要去幫妳劉老師做飯了，妳中午吃了嗎？不然來家裡吃了飯再過去吧。』

「不用麻煩了，我已經吃過了。」

『好，那我先掛了。』

「好的。」

楊芸傳來的地址靠近市中心，從家裡坐公車過去要將近一個半小時，雲泥十二點剛過就出門了。

這個時間車上沒什麼人，她坐在倒數第二排，從包裡翻出一張英語卷子墊在書包上開始寫。

公車從老城區晃晃悠悠穿越大半座城市，掠過陽光和樹蔭，停在一個又一個月臺前。

雲泥下車時，一張卷子只剩下聽力沒寫。

她跟著人流過了馬路，走到社區門口時，保全提前被打了招呼，她只在登記表上填了姓名和電話就進去了。

坐電梯時，雲泥對著鏡面整理了一下衣服，而後深吸了口氣又吐出，等電梯門開抬腳走出去。

開門的是宋枝媽媽，笑意盈盈的，「是雲泥吧？剛剛妳楊老師還打電話給我問妳到了沒。」

雲泥禮貌的打著招呼：「阿姨好。」

「來來，快進來。」程雲華拉著雲泥進屋，拿了雙乾淨的拖鞋給她，隨後她又朝南邊的房間喊道：「枝枝，還不出來？妳的補習老師來了。」

「來了！」屋裡傳出小女生清脆的聲音，還有拖鞋踩在地板上的聲響，身影很快出現在房門口。

小女孩站在那裡，個子小小的，長相十分可愛，「姐姐好，我叫宋枝，是妳接下來幾個月要教課的學生。」

雲泥點頭笑了下，「妳好，我是雲泥。」

「姐姐妳好漂亮呀。」宋枝一點也不認生，跑過來拉著雲泥的手臂，「走吧姐姐，我們快點開始補習吧。」

「好。」

「宋枝，姐姐剛過來，妳讓她先休息一下，別不懂事。」程雲華端著水杯往客廳走。

「好嘛。」宋枝不情不願地放開手。

雲泥看了眼小女孩說：「阿姨我沒事，現在可以開始補課。」

程雲華笑：「沒事，來，先坐下喝杯水。」

「謝謝阿姨。」

雲泥接過水杯剛坐下，旁邊臥室門打開，一個男生從裡面走出來。

大約是沒想到有客人在，他只穿了件背心和短褲，一抬頭看見人，邊往房間躲邊說，「媽，妳有客人妳怎麼也不說一聲！」

門隨之「嘭」地一聲關上了。

程雲華抱怨道：「這孩子，怎麼一點禮貌都沒有。」

話音剛落，旁邊廁所的門打開。

開門聲吸引了客廳三個人的注意。

雲泥看見男生揉著後脖頸從裡面走出來。

他大概是剛洗過臉，額前碎髮沾了溼意，塌塌地垂了下來，漆黑的眼，神情在看到坐在沙發上的人時愣住了。

程雲華在一旁笑著說：「這是我乾兒子，李清潭，他也是三中的，比妳小一屆。」

李清潭放下手臂，對上雲泥的視線，一秒兩秒三秒，也不知道過了幾秒，他突然轉過臉笑了一下。

而後又很快撇回來看著女生，聲音裡還帶著沒散的笑意，「好巧啊學姐，又見面了。」

房間門開了又關。

程雲華送完果盤出來，轉身進了書房處理工作。隔壁房間裡，宋堯和李清潭並肩靠在懶人沙發上打遊戲。

心不在焉的玩了兩局，李清潭在等待進入新一局遊戲的時間裡，起身出去倒了杯水。

路過宋枝的房間，隱約還能聽見從裡傳來的說話聲。

他想起先前碰面時那一幕，低頭笑了笑，也沒在外面多停留，進房拿起遊戲手把，不經意問起：「我記得枝枝成績不是還可以嗎，雲姨怎麼還幫她找補習老師？」

宋堯眼睛還盯著螢幕，「這不是升國三了嘛，加了其他的科目，我媽怕她跟不上，正好我媽她有個朋友聽說這件事，就推薦了自己的學生給她。」

李清潭若有所思：「這樣啊。」

「一開始我媽是不打算找學生幫我妹補課的，雖然便宜但肯定沒有專業老師教得好。」宋堯怕說話分心，暫停了遊戲才繼續說：「但我聽說，這個女生家裡條件好像不太好，我媽也算是幫朋友的忙，才答應了這件事。」

李清潭聽完也沒說什麼，視線落在前方，捏著遊戲手把沒動作。

宋堯繼續玩遊戲，拿肩膀撞了撞他，「清潭哥，你怎麼不動啊？血條都快掉沒了。」

「哦。」李清潭回過神，重新操控起人物。

宋枝的基礎比雲泥想像得好很多，她準備了三套數理化的基礎卷子，小女孩只花了兩個小時不到便做完了，正確率也很高。

她挑出那些錯題，「其實這些題對妳來說難度並不高，只是妳還不夠細心，而且國中答題步驟需要完整，如果太精簡會被扣分的。」

「好的，我知道了，我下次會注意的。」宋枝托腮看著雲泥，總是忍不住岔開話題，「姐姐，妳有男朋友嗎？」

「沒有。」雲泥從桌上拿起她的化學課本，努力把話題拉回來，「我們今天就先從化學開始？」

宋枝張了張嘴，「……好吧。」

剩下的一個多小時過得很快。

結束時，雲泥安排了作業給宋枝，她邊收拾書包邊說：「不要忘記做，我下週六過來時會檢查。」

「不會忘的。」宋枝從抽屜裡拿出手機，「姐姐，我能加妳通訊軟體的好友嗎？我怕到時候遇到不會的題目。」

「好。」雲泥提筆在她的計算紙上寫下自己的帳號，「我晚上可能會比較忙，妳有什麼問題可以白天找我。」

「嗯！」宋枝起身，「那我送妳。」

兩個人走出去，程雲華掐著時間從書房出來，要留雲泥在家裡吃晚飯，「反正也要到吃飯時間了呀。」

雲泥笑著拒絕：「不用了阿姨，我晚上還有其他的事情，就不在這裡吃飯了。」

程雲華也沒強求，叮囑她回去路上注意安全。

從宋家出來，雲泥站在走廊等電梯，身後的門忽地又從裡面打開，宋枝推著宋堯走出來。

少年神情不耐，「我說妳乾脆住在超市算了。」

「那你有本事別吃我買回來的零食。」宋枝回頭喊屋裡的人，「清潭哥，你快點，電梯要來了。」

話音剛落，李清潭拿著手機從屋裡走出來，視線越過宋家兩兄妹，看向已經進了電梯的雲泥。

她站在那裡，視線平淡，一隻手按著開門鍵，等他們都走進去了才鬆手。

電梯裡宋枝一直拉著雲泥問東問西，李清潭站在她身後，視線落在前方。

兩個人站得筆直，身影一高一矮，全都映在光潔乾淨的電梯牆面上，某一個瞬間，好似對上了視線。

從社區出來，雲泥在路口和他們分開，獨自一人背著書包往前走，背影顯得有些孤單。

李清潭走到馬路對面，停住腳步回頭看了眼。

她停在等紅燈的人群裡，盯著遠方出神，側臉輪廓在光影的修飾下格外優越，從髮際線連著下頜的那條線，無一不是漂亮的。

李清潭有些微出神。

他想起宋堯之前說的話。

——家境不太好。

到底是怎樣的不好，才會讓他們幾乎每一次碰面，她都在打不同的工？

這對於從小養尊處優的李清潭來說，是一片從未接觸過的空白區，他內心湧上一陣複雜的情緒。

講不清道不明，絲絲縷縷卻又很清晰。

雲泥的手機半路沒電了，到家充上電開機後才看到宋枝傳來的好友申請，與之一起的還有一則好友申請。

她盯著驗證訊息那一欄李清潭三個字看了幾秒。

ㄑㄧㄥ ㄊㄢˊ。

清潭。

原來是這兩個字。

雲泥通過了兩個人的申請，放下手機去洗澡。

等再拿起手機，宋枝已經從「姐姐好」傳到了「姐姐我去吃飯了啦！有空再找妳聊天！」

她稍稍解釋了沒回訊息的原因，擦著頭髮看了一下新聞，然後便坐下來開始寫卷子。

雲泥通過了李清潭的好友之後，一次也沒和他聊過，原以為就會這麼安靜的在好友列表中沉下去。

直到星期二那天傍晚。

方淼要去檢查低年級的衛生，雲泥一個人去學生餐廳吃完晚飯回到教室，那時距離上自習還有一段時間。

她懶得寫試卷，趴在桌上玩手機，突然彈出來一則訊息。

李清潭：『學姐，在嗎？』

雲泥愣了下才回了個在。

李清潭：『能不能幫個忙？』

雲泥：『什麼？』

李清潭：『（圖片.jpg）。』

李清潭：『我們老師留的一道題，等一下自習課要找人上黑板寫，我還沒解出來。』

雲泥：『我看一下題目。』

李清潭：『好。』

李清潭傳來的圖片內容是一道物理題，難度超出正常高二的水準很多，要不是雲泥常做競賽題，也很難解到最後。

她原本打算把寫在計算紙上的解題過程直接拍照給他，想了想，還是重新翻頁抄了一遍才傳過去。

李清潭：『好，謝謝學姐。』

雲泥：『不客氣。』

這之後，李清潭隔三差五都會找雲泥幫忙解題，有時她在忙很晚回訊息，他也會很快回覆。

兩個人會順便聊幾句，但這種情況不多，一般解了題，雲泥就很少再回訊息。

週六的補課也在按部就班的進行著，宋枝的基礎不差，雲泥的輔導只能算得上是錦上添花。

那一年是二〇一二年。

中秋節和國慶日連在一起，三中是公立學校，不太會補課，該有的假期都不會占用，所以高三和另外兩個年級一樣，都有完整的八天假期。

放假前一天，也是運動會報名截止的最後一天，體育股長在班上統計下個月參加運動會的人員名單。

雲泥和方淼都沒什麼運動細胞，但因為是理組班，男女比例懸殊，最後還是被塞去了一些沒人報名的項目裡。

「我靠，劉浩宇在想什麼，讓我去推鉛球？」方淼拿著報名表，「我一個四十五公斤都不到的人，他不怕我把自己丟出去嗎？」

方淼本來還挺難受的，但看到雲泥一張八百公尺、一張跳高的報名表之後瞬間好了很多，「其實我覺得推鉛球也挺好的，四百公尺接力跑好像也挺短的。」

「……」

「啊，我滿足了。」

雲泥不想說話。

晚上最後一節自習，可能是因為馬上就要放假了，班上始終鬧哄哄的，也沒人念書。

李清潭本來在睡覺，被蔣予吵醒了，「哥，給你看個東西。」

他抬頭想罵人，但忍住了，「什麼東西？」

蔣予把手機遞給他，「你學姐這次運動會報了跳高，按照往年慣例，等放完假回來你們就可以一起訓練了。」

李清潭「哦」了聲，把手機還給他。

蔣予很震驚：「你就這個反應？」

「不然呢？」

「你不感到高興嗎？多難得的相處機會啊。」

李清潭擰開瓶蓋喝了口水，淡淡說：「高興啊。」

「你高興就這反應？」

「那怎樣，不然我站起來表演徒手碎大石給你看？」

「……」蔣予眨眨眼：「可以嗎？」

「滾。」

第二天是中秋節，李清潭沒回北京的家，而是留在廬城和宋家人一起過節。

吃完飯，宋枝和兩個男生擠在一起打遊戲。

李清潭靠在一旁，有一下沒一下地按著遊戲手把，「妳今天下午不用補課嗎？」

「啊，不補。」宋枝嘴裡咬著果乾，聲音含糊，「我媽說從四號開始，連著補三天。」

「哦。」

晚上吃完飯，李清潭準備回去，程雲華留他住幾天，一住就住到了四號。

那天程雲華和丈夫外出見朋友，宋堯同學聚會不在家，只有李清潭和宋枝留在家裡。

雲泥還是在往常的時間來到宋家，站在門口按門鈴時，她還在想等一下幫宋枝上課的事情。

門一開，李清潭那張極英俊的臉毫無預兆地出現在眼前，雲泥剛要脫口而出的「阿姨好」硬生生卡住了。

她欲言又止：「你……」

「怎麼？」李清潭往旁邊讓了讓，彎腰拿出程雲華準備給雲泥的拖鞋放在地上，「進來吧，雲姨他們今天不在家。」

「謝謝。」

說話間，宋枝從廁所出來，「姐姐妳來啦，我們今天可以晚點開始補課嗎？我等下要和同學搶東西。」

「可以。」雲泥想了下，「那下課時間就往後推吧。」

「沒問題。」

「那妳先在客廳坐，我弄好了叫妳。」宋枝往房間走，還不忘叮囑李清潭，「清潭哥，你幫我招待一下姐姐。」

「嗯。」

李清潭倒了杯水給雲泥，而後坐在她斜對角的單人沙發上，按著遙控器，百無聊賴地換著臺。

背景聲音也因此換來換去。

雲泥坐了一下，覺得有種說不出來的尷尬，索性從包裡翻出在路上沒寫完的卷子。

李清潭餘光瞟到，停下換臺的動作，把聲音調小了。

雲泥頭也不抬地說：「沒關係，你看吧，不影響我。」

李清潭：「不覺得吵嗎？」

「公車上更吵。」

「哦。」

隔幾秒。

「學姐。」

「……嗯？」不知道為什麼，李清潭每次叫她學姐，雲泥總覺得有些不太適應。

「妳還有多餘的時間嗎？」

「什麼？」雲泥停筆看著他，男生坐在離她不遠的位置，背著光，輪廓清晰而柔軟。

李清潭目光落到她臉上，「介不介意再收個學生？」

雲泥猜不出李清潭到底是玩笑還是認真的，但她認真想了想之後還是拒絕了，「不好意思，我可能沒那麼多的時間。」

「嗯。」

李清潭倒也沒太失望，笑了笑說：「沒事，那就算了。」

過了一下，宋枝那邊忙好了，雲泥起身進去房間，等到補課結束出來，李清潭已經不在客廳了。

宋枝送她出門，「姐姐再見。」

雲泥笑著和她揮了揮手。

這之後連著補了三天課，雲泥都沒再碰見過李清潭，直到補課最後一天，結束後宋枝照常送她出門。

正巧宋堯換好衣服準備出門玩滑板，宋枝站在門外看他換鞋，「哥，清潭哥怎麼最近幾天都不來我們家了？」

「他啊。」宋堯蹲在地上繫鞋帶，「他回北京了。」

「也是，他好像也好久沒回家了。」

電梯到了，雲泥快步走了進去，伸手按住開門鍵。

宋堯換好鞋，拿著滑板從家裡出去，看見雲泥時，他的目光躲閃了下。

雲泥第一次來宋家時，宋堯沒認出她，只是覺得眼熟，後來問了李清潭才想起來。

他在網咖打架鬧到派出所的事情家裡一直不知道，好不容易風平浪靜，現在又突然見到過去的當事人，宋堯心裡還有些心虛。

每次雲泥來家裡，他都有意無意地避著她。

這時候兩個人同乘一趟電梯下樓。

宋堯手扶著滑板立在腿側，猶豫了半天才開口：「姐姐，妳還記得我嗎？」

「嗯？什麼？」雲泥扭頭看著他，少年的神情有說不出來的緊張。

宋堯抿了抿唇，說：「之前暑假的時候，我們在派出所見過的，妳還有印象嗎？」

啊。

雲泥想起來了，她點點頭，「記得，怎麼了？」

宋堯撓了撓頭，聲音很低，「這件事我家裡人不知道，我一直都瞞著他們，所以……」

他的意思很清楚，雲泥沒多說什麼，「我知道了，我不會說的。」

宋堯鬆了口氣：「那……謝謝了。」

「沒事。」

週一回學校，班上大多同學還沉浸在剛剛結束的小長假中，早自習上得心不在焉。

雲泥昨晚去燒烤店幫忙，很晚才回家，一來教室就趴在桌上補覺，睡得國文老師來掀她蓋在腦袋上的書都沒察覺。

她家裡的情況各科老師多少都知道一些，見狀也沒多說什麼，一直等快下課了才讓方淼叫醒她。

方淼遞了盒牛奶給雲泥，擔憂道：「妳燒烤店的打工會不會太辛苦了？」

「還好，平時不會這麼忙。」雲泥揉著酸澀的眼睛，頭往後仰，渾身都不太舒坦。

「那妳自己多注意點，實在不行就算了吧。」

「嗯。」

「對了，劉浩宇說報名跳高和推鉛球的，週二和週四的第一節晚自習要去操場訓練。」

雲泥坐起來，嘆了口氣：「……能不去嗎？」

方淼咬著吸管搖頭：「不行。」

運動會的項目繁多，部分有專業性、難度也稍高的，學校怕出意外，都會提前安排老師教學一段時間。

雲泥和方淼項目不同，到操場就分開了，跳高在操場東南角，空地上不少人已經到了。男男女女，高一高二高三都有。

六、七點天還沒完全暗下來，操場高聳入雲的大照明燈，照得四面八方都能看清楚。

雲泥挑了個角落的位置站著，從口袋裡拿出張摺成方形的試卷，在腦袋裡過題目。

李清潭從她面前路過三次，她都沒發現。

最後一次，他停住腳步，避開她的影子，身影擋住一部分光，映在她的試卷上。

雲泥抬頭。

李清潭站在離她兩步遠的地方，穿著件寬大的白T恤，校服拎在手裡，燈光從側面打過來，襯得他又高又瘦。

他慢慢走過來，「妳看什麼呢？那麼入神。」

「一道題目。」雲泥收起試卷，「你怎麼在這裡，不用上晚自習嗎？」

「妳不是也沒去？」

雲泥看著他，「我訓練。」

「啊。」他像是才反應過來，「運動會？」

「嗯。」

「妳報了什麼項目？」

雲泥：「跳高，還有八百公尺。」

「厲害啊。」李清潭笑：「會嗎？跳高。」

「……」雲泥依舊沒什麼表情的看著他：「會我就不在這裡了。」

李清潭扭頭笑出聲，不再多說。

雲泥站在原地，和他並肩而立，抬頭看向遠處，夜幕來襲，天空像是低垂的黑布，壓著一齣好戲。

過沒多久，操場周圍傳來上自習的鈴聲。

雲泥這才想起什麼，問：「你也是來訓練的？」

李清潭說：「是啊。」

雲泥禮尚往來，「那你報了什麼項目？」

正巧遠處傳來集合的哨聲，李清潭收起手機，用手指做了個奔跑起跳的動作，「和妳一樣。」

「哦。」

「走吧，集合了。」

體育老師簡單說了下跳高的四個步驟，就讓在場的學生按照年級順序一個一個跳一遍。

周圍頓時一片哀聲嘆氣。

「不是吧？」

「我們一次都沒跳過。」

張達笑了聲：「跳了我才知道你們的問題出在哪裡，光聽我說有什麼用，還要實戰，來吧，先從高三開始。」

本來跳高這項目一個班只有兩人參加，按照年紀和班級的順序，雲泥排在第三個。

過程還沒弄明白，人已經過去排隊了，在她前面還剩下最後一個人。

李清潭不知道什麼時候走到她旁邊，抱著手臂站在那裡：「等一下起跑不要太猛，跳不過別硬撐，容易摔倒。」

「你會？」雲泥扭頭看他。

站得近，李清潭明顯比她高出一截，微低著頭看她：「還行，以前跳過。」

雲泥嘆氣：「我一次都沒跳過。」

李清潭笑：「正常，誰沒事跳這個玩。」

「……」

雲泥前面的女生跳了兩遍，等輪到她，李清潭視線往下看了眼，提醒道：「妳鞋帶鬆了。」

「嗯？哦，謝謝。」雲泥繫好鞋帶，站到起跑線上，心裡想著體育老師剛剛說的四個要點。

助跑，沒問題。

起跳——

她猛地停在橫桿前，身體因為慣性將桿子碰倒在地，人也堪堪扶住一旁的豎桿才站穩。著實有些手忙腳亂。

李清潭站在後面看得一清二楚，沒忍住，低下頭笑了出來。

雲泥像是察覺到什麼，轉過頭往這裡看了眼，他立刻收了笑，又用手指做了個奔跑起跳的動作。

她沒說什麼，轉過去捲起袖子，開始第二次嘗試。

依舊是同樣的結果。

李清潭笑得臉都有些痠，抬手捏了捏，從一旁繞過去，拍了下雲泥的肩膀，「學姐。」

「嗯？」她臉有些紅，不知道是熱的還是羞的。

「明天下午放學有時間嗎？」

「不知道，應該有吧。」雲泥回頭看他，「怎麼了？」

「來操場，我教妳跳高。」

雲泥覺得不太合適，「不用了，反正老師都會教的。」

「妳覺得這麼多人，他能每個都教會嗎？」李清潭看著她，漆黑的眼裡有光，「就當是之前妳幫我解題的報酬。」

雲泥還想說什麼，他已經拍板做好決定，「就這麼說定了，明天下午放學我在這裡等妳。」

說完這句，他就轉身回了高二的隊伍。

雲泥：「……」

第二天下午，方淼也約了朋友去操場練鉛球，下了課，雲泥拿著手機和她一起過去。

跳高的場地只有一個。

男生穿著黑白色的籃球服，助跑、起跳、過桿、落地，整個過程行雲流水，身形猶如一道漂亮的拋物線。

四周響起一陣歡呼聲。

李清潭從墊子上下來，接過蔣予遞來的水，擰開喝了一口，餘光瞥見雲泥的身影，邊擰著蓋子邊朝她走來。

「學姐。」

她乾巴巴地應著，瞄了旁邊一眼，「這麼多人，我們怎麼練？」

「我們今天用不到這個。」

「嗯？」

李清潭單手拿著水，「先練助跑。」

雲泥全聽他安排。

李清潭找了個弧形的跑道邊，讓雲泥沿著那個弧線跑，「一般助跑只要十步，妳剛開始可以往後多退幾步，先跑著吧，找找感覺。」

「就這麼跑？」

「嗯。」李清潭蹲在一旁，抬手指了指，「邊跑邊數，從這條線跑到那條線，不要超過十五步。」

反覆跑了七八遍，雲泥有點懷疑李清潭是不是在誆她玩，就這麼跑，還能跑出花來不成？

她本來運動細胞就不好，這樣折騰了一下，呼吸節奏就亂了，彎著腰，手在膝蓋上大口的喘著氣。

李清潭那雙刷的很白的運動鞋出現在她眼前。

他半蹲下來，手臂搭在膝蓋上，微側仰著頭看她，手裡舉著瓶水，「還行嗎？喝點水吧。」

瓶蓋是擰開過的，雲泥接過去，直起身喝了一兩口才說：「謝謝。」

李清潭跟著從地上站起來，身影擋在她面前，遮住一點夕陽的光亮，髮梢末尾掛著虛晃的光影。

他等雲泥緩過呼吸，才說：「走吧。」

「嗯？」雲泥追問：「不練了嗎？」

「今天先到這。」李清潭走到一旁草坪，拿起自己的校服外套和水，回頭看著雲泥，「妳吃飯了嗎？」

「還沒。」

他把校服搭到右肩上，站姿懶散，慢悠悠地說：「那麻煩學姐，今天請我吃頓晚飯怎麼樣？」

第三章　回去

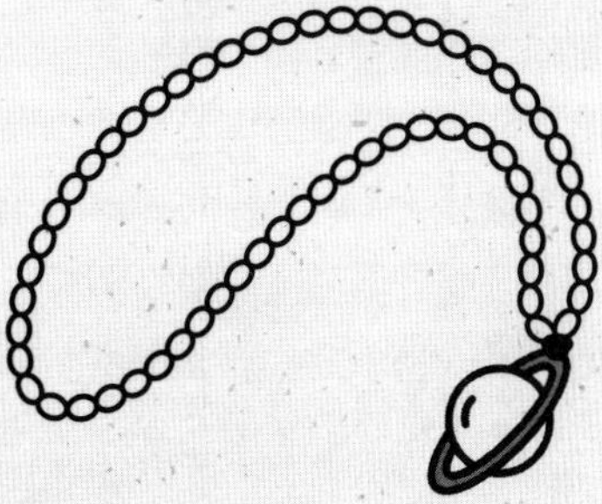

這個時間出去吃飯已經來不及，雲泥本來想說等下次，但李清潭說去學生餐廳吃也行。

兩個人就來了學生餐廳。

學生餐廳這時也沒很多人，雲泥去打菜的窗口看了眼，盤子裡剩下的都是些看著沒什麼胃口的素菜。

她回頭問李清潭：「你吃麵嗎？」

「可以。」李清潭從她手裡抽出飯卡，「我去買吧，妳去找位子，妳要吃什麼麵？」

「雞蛋麵。」雲泥又說：「小份的就行，太多了我吃不完。」

「好。」

雲泥隨便找了張空桌，看著李清潭走到賣麵的窗口前，和阿姨說了兩句，他轉過頭問：「學姐，妳吃蔥嗎？」

「不吃。」

他哦了聲，轉過去和阿姨說兩份都不要蔥，而後抬手在旁邊的機器上貼了下卡。

雲泥收回視線，沒再盯著看。

兩份麵很快出鍋。

李清潭端回來，坐下來把飯卡還給雲泥，又遞了雙筷子給她：「快吃吧，等一下要上自習了。」

雲泥「嗯」了聲，接過筷子把麵挑起來吹涼。

李清潭之前很少來學生餐廳吃飯，要了碗牛肉麵，紅彤彤的油飄了一層。

他平時不怎麼能吃辣，一碗麵才吃了一半，額頭鼻尖就出了很多汗，汗珠順著鬢角往下滑。

雲泥抬頭瞥見，從口袋裡翻出包紙巾遞給他，「擦擦吧。」

「謝謝。」李清潭停下筷子，接過去拿了張出來擦臉。

他的唇色原本就帶著些粉，此時此刻吃了辣紅得有些瀲灩，白淨的臉也透著潮溼的紅意。

雲泥的麵分量少，已經吃得差不多，她拿起飯卡，「你慢慢吃，我去超市買點東西。」

「好。」他擰開水喝了一口，看著雲泥進了超市，緩了好一陣子才重新開始吃。

雲泥進超市拿了瓶純牛奶，結帳刷卡時，她無意間瞥了眼機器顯示的餘額。

一一〇．五。

牛奶是三塊五。

她飛快地在腦袋裡算了一下數額，而後意識到什麼，忽地抬頭往外看了眼。

男生還坐在原來的位子，低頭往嘴裡塞了口麵條，不像別人吃一口咬一口，他基本上不會咬斷，把一根全吃進去才開始嚼。

但可能是實在太辣了，他囫圇嚼幾口就嚥了下去，又喝了口水，鼓著腮幫子大口呼吸著，整張臉都快皺到一起。

雲泥覺得有些好笑，拿著牛奶走過去，坐在他對面，「喝這個吧，比水解辣。」

李清潭伸手接過去，插上吸管喝了兩口才說：「沒想到學生餐廳的麵這麼辣。」

雲泥看了眼他碗裡剩下的麵條，說：「那就別吃了吧，萬一吃壞肚子就不好了。」

「那不行，學姐第一次請客，我不吃完多不給面子。」李清潭放下牛奶，重新拿起筷子。

雲泥看著他笑了笑，沒多說。

吃完後，外面的天已經完全暗下來了，校園裡亮著昏黃的路燈，高二和高三的教學大樓遙遙相對。

雲泥和李清潭走到高三樓底下。

她停住腳步，「你回去吧，快上課了。」

「好。」李清潭想起什麼，「明天還是這個時間來訓練？」

雲泥想了下說：「明天再說吧，我不太確定老師會不會臨時有事。」

「好。」

李清潭轉身往高二那邊走，雲泥也準備上樓，走了幾步，她回頭叫住男生，「李清潭。」

男生停住腳步，轉過頭，光影落在他臉側，襯得輪廓分明的眉眼格外好看，「怎麼？」

「今天謝謝你。」雲泥看著他：「但是下次，真的要換我請客了。」

學生餐廳的阿姨每次儲值前都會讓學生刷一下卡，檢查一下裡面還有多少餘額，以防出現問題。

雲泥是今天早上才儲了一百塊進去，卡裡面還剩下多少錢，她記得很清楚。

李清潭根本沒刷她的卡。

麵是他請的。

訓練也是他教的。

雲泥已經在不知不覺間欠了他好多人情。

李清潭意識到她可能知道了，也沒解釋，大方應下，「好啊，那就擇日不如撞日，今天晚上吧。」

雲泥：「……」

李清潭笑出聲，「騙妳的，走了，我回去上課了。」

他擺擺手轉過身往前走，身影很快消失在路盡頭，雲泥沒再停留，隨後上了樓。

這天之後，雲泥在李清潭和老師的雙重教學下，從沿著弧線練習助跑到跳臺階，差不多練了一個多星期。

她本身條件就不差，個高腿又長，克服了緊張和心理壓力之後，很快就能順利過桿。

運動會前的最後一個週六，雲泥照常去宋家幫宋枝補課。

結束時，宋枝告訴雲泥下週四是她生日，「我聽清潭哥說了，你們那兩天是運動會，晚上可以不去上自習，姐姐妳跟我們一起出去玩吧。」

雲泥笑說：「他高二不用上晚自習，但高三還是要上的。」

「啊，這樣嗎？」宋枝有些失望，但很快又恢復如常，「那算了吧，高三這個階段還是挺重要的。」

這是既定的事實，雲泥沒有再說什麼。回家的路上，她繞去附近的商場挑了件禮物給宋枝。

一支鋼筆。

她手上的錢不多，買不了太好的東西，這對她來說已經是極限。

很快，運動會來了。

三中的儀式感還是蠻強的，開幕式弄得很隆重，除了高三，高一高二每個班級都走了一遍方陣。

校園裡迴盪著旋律舒緩的校歌。

雲泥的項目都在第二天，她沒什麼事，上午和方淼躲在教室補覺，下午才去操場看比賽。

但其實……也沒什麼好看。

她坐在班級的帳篷下玩手機，外面廣播一下在喊請誰到檢錄處，一下又是廣播站的人在讀加油稿。

雲泥慢慢聽見幾個熟悉的名字。

自己班上的、經常在同個考場的、還有學校年級榜上有名的。

以及——李清潭。

她放下手機認真聽了一下，發現他在學校還挺受歡迎的，幾分鐘的時間裡，差不多有七八個人寫了加油稿給他。

不過想來也是。

他那張臉，走到哪裡都是招人喜歡的。

雲泥這時聽到他的名字才想起一件事，在通訊軟體上傳了訊息給他，但等了很久也沒見回覆。

她起身走出去。

陽光兜頭落下來，光線亮得有些刺眼，操場四周都是五顏六色的旗幟，迎風飄揚。

雲泥記得去年開運動會高二的帳篷位置，從無人比賽的跑道穿過去，徑直走向高二五班的帳篷。

沒幾個人在。

她沒停留又折返回去，走到半路被方淼拉去看比賽。

「等一下高二的跑完就輪到我們班了。」方淼拉著她擠進站在跑道周圍的人群裡，這時正在比的是高二男子組的兩百公尺。

雲泥順著看向起點處。

李清潭站在三號跑道。

比賽還沒開始，他站姿有些鬆散，手臂搭著一旁男生的肩膀，穿著一身黑色運動裝，露出一截白皙精瘦的手臂和線條流暢的小腿。

不知道聊到了什麼，他輕輕笑了起來，模樣英俊又肆意。

雲泥就那麼看著，耳邊是各種熱鬧嘈雜的聲音，有人在吶喊有人在歡呼。

熱鬧又沸騰。

哨聲吹響了。

她站在烏泱泱的人群裡，看著少年急速奔跑的身影，心跳隨著震耳欲聾的聲浪節節攀升。

李清潭參加了好幾個項目。

一天下來，根本沒時間看手機，等看到雲泥傳的那則訊息時，已經傍晚了。

那時運動會已經到了尾聲，操場很多班級都撤了。

夕陽漸斜，暮色染上了天空，草坪上丟了一堆亂七八糟的垃圾，李清潭找到高三五班的帳篷。

只有幾個人在打掃衛生。

他問了其中一個男生，對方說：「她剛剛和其他人送東西回教室了，應該在班裡吧。」

「好，謝謝。」

李清潭又匆匆地跑到高三二班的教室，班上也沒多少人，他站在門口看了一圈，沒看見雲泥的身影。

他回過去的訊息也沒回。

李清潭原本想再等一下，但宋堯打電話給他，說已經到了學校外面的公車站。

「好，我馬上出來。」他掛了電話，沒再多等，從高三教學大樓出去徑直走出校門。

半路上，手機震動了下，一則訊息彈了出來。

雲泥：『沒什麼要緊事，就是我準備了生日禮物給宋枝，想麻煩你今天帶給她。』

接著又彈出一則。

雲泥：『你已經走了嗎？』

李清潭這時正好走出巷子，離公車站只有幾公尺，他抬頭看見宋家兩兄妹站在那裡，邊朝他們走過去邊回訊息。

『還沒。』他回。

『那你等我一下，我現在出來。』

『好，我在西桐橋這邊的公車站。』

訊息傳完，李清潭收起手機，對兄妹兩人說：「你們等我幾分鐘，我回去拿個東西。」

宋枝：「哦，那你去，反正時間還早。」

李清潭又順著來時的路往回走。

西桐橋這班公車不從三中門口過，要去月臺得穿過旁邊的巷子，雲泥從學校裡出來時，正好是放學尖峰期，人來人往的。

她走進一旁的巷子，遠離人潮，偶爾只有騎自行車的學生從裡飛馳而過，車輪壓過青石板，發出聲響。

只不過這聲響不是很大，蓋不過家裡家外，還有其他一些微妙的動靜。

雲泥第一次聽見那聲音還以為是人家家裡傳出的電視聲，可她停住腳步再聽，又好像是從現實裡傳出來的。

她扭頭往旁邊一條巷子裡看了眼，猶豫片刻還是走了過去，咒罵聲和拳打腳踢的聲音隨著靠近越來越清晰。

雲泥心中一緊，才剛看到這場禍事的端倪，眼前忽地扣下來一頂棒球帽，擋住了所有的視線。

她一回頭，撞進李清潭的懷裡，帽檐因為離得太近戳到了他的下巴。

他微微向後仰了仰，同時把手虛擋在她臉側，聲音壓得很低，「別看了。」

雲泥被李清潭從巷子裡拉出來，跌跌撞撞的幾十公尺，他始終沒鬆開她的手，冰涼的掌心緊貼著她的手腕，慢慢被沾染上溫度。

帽檐遮擋了大部分的視線，她低著頭，看地上細碎的影子，心跳如影隨形。

巷裡巷外猶如兩個世界。

外面人潮湧動，暮色鋪天蓋地，熱鬧而繁華。裡面骯髒破敗，無數罪惡和禍端在黑暗的角落裡滋生、蔓延。

雲泥和李清潭站在街角。

不遠處的巷子口停著一輛警車，閃爍的警燈猶如一把利劍，憑空將這風平浪靜的假象撕碎，露出藏在其中的不堪和混亂。

圍觀的路人堵了一層又一層，事不關己的事情大家總是格外有興致。

李清潭收回視線，垂眸往她手上一掃，低聲問：「這是妳準備給宋枝的禮物？」

「啊？」雲泥像是才回過神，也跟著低頭一看，「之前買的，你幫我拿給她吧。」

她抬手遞給他。

「買了什麼？」李清潭接過去，隨口問了一句。

雲泥：「鋼筆，我也不知道送她什麼比較好。」

「挺好的，她字那麼醜是該練練了。」李清潭抬手將棒球帽扣在自己頭上，帽檐遮住部分眉眼。

他又回頭看了巷子口一眼，才回過頭來對雲泥說：「妳不是還要上晚自習嗎，回去吧。」

「哦，那我回去了，你幫我跟宋枝說聲生日快樂。」

他「嗯」了聲，又想起什麼，「對了，妳手機借我用一下。」

雲泥沒多想，從口袋裡摸出來遞給他，「怎麼了？」

「存一下號碼。」李清潭快速打了串數字，撥通後才把手機還給她，「我不怎麼看通訊軟體，以後有事的話直接打電話給我吧。」

「好。」

「沒事了，妳回去上課吧。」李清潭晃了晃手裡的禮盒，「我先替宋枝謝謝妳的禮物。」

她笑了笑：「不客氣。」

李清潭沒再多說，站在原地看著她進到學校裡面，才轉身往公車站走。

雲泥回到教室，關於學校外面發生的事情已經傳進來了。

方淼放下手機，八卦道：「我聽楊怡雯說學校外面有人打架，警察都來了，妳剛剛出去看見沒？」

雲泥神色沒變，點頭說：「看見了。」

「是我們學校的學生嗎？」

雲泥想起先前在匆忙中的那一瞥，那幾個人並沒有穿校服，至於躺在地上的那個……

當時情況太匆忙，李清潭又突然出現，她並沒有看清，也只是半猜測半確定地說：「應該不是吧，三中這幾年很少有學生打架了。」

「也是，如果真是三中的學生，我們接下來也沒好日子過了。」方淼嘆氣：「就于主任那個脾氣，唉。」

雲泥翻開書，有些心不在焉。

晚自習結束後，學生如潮水般湧出校園，雲泥和方淼推著車走在學校外面，下意識往那條巷子看了眼。

關於傍晚發生的事情真相已經完全傳開了。

是職高的幾個學生向附近學校的學生收「保護費」不成，把人拽到巷子裡打了一頓。

如果不是有人路過報警，也許事件還會更加惡劣和嚴重。

雲泥慶幸又後怕，和方淼在路口分開，轉身朝燒烤店走去。

興許是先前發生了這樣的事情，燒烤店晚上的生意冷淡許多，她也因此提前下班了。

騎車回去的路上，雲泥明顯感覺到廬城的氣溫降下來了，晚風裡帶著寒意，手和臉都冷得發紅。

回到家裡，她匆匆地沖個澡，坐在桌邊寫試卷時，總是分神想起傍晚發生的事情。

雲泥想起那段跌跌撞撞的路。

少年挺拔而堅韌的背影猶如一面高牆，牢牢佇立在她身前，為她擋住無數風雨。

她揉了揉還有些溼意的頭髮，將腦袋裡那些亂七八糟的畫面全都甩出去，強迫自己投入到念書的狀態。

次日的運動會照常進行，只是大家討論的話題不再是比賽，全是昨天發生的禍事。

有人說打人的跑了幾個，沒全部抓住。

被抓的死活不承認還有其他人，被打的也咬死不承認自己是因為沒交保護費才被打的，只說是鬧了點小矛盾。

各種版本瘋傳，人云亦云。

雲泥坐在一旁，聽得出神，連通知她去跳高檢錄處登記的廣播都沒聽見，好在最後方淼及時找過來，才沒錯過比賽。

方淼忍不住問：「妳怎麼了，從昨天晚上開始就心不在焉的，發生什麼事了嗎？」

「沒有，可能是最近打工太累了。」雲泥脫掉校服外套，讓方淼將號碼牌別在衣服後面。

「不然妳就別做了吧？現在高三課程重，本來時間就不多，妳別到時候把身體拖垮了。」

雲泥「嗯」了聲，「我會注意的。」

方淼知道勸說無用，也不再多說，拿著她的衣服走到一旁，「加油啊，實在跳不過我們就算了，摔倒丟人可太划不來了。」

「……」

雲泥走到選手位，初秋早上的陽光沒那麼強，但光線很亮，她扭頭背著光，卻在人群裡看見熟悉的身影。

隔空對上視線，李清潭朝她笑了下，唇瓣動了動。

離得不是很遠，雲泥看清他說的是加油，她略一頷首，收回視線，長舒了口氣。

雲泥跳高雖然沒什麼經驗，但之前的突擊訓練成果還算有效，沒出現什麼意外。

比賽結束，方淼拿著她的衣服跑過來，笑得很開心，「我剛剛問老師了，妳是第五名。」

這個結果顯然出乎意料，雲泥穿上外套，下意識往人群裡看了眼，原先的位置站著張陌生面孔。

她低頭拉上拉鍊，「走吧，妳等一下不是要開始四百公尺接力賽了嗎？」

「哦對對對，我差點忘了！」方淼火急火燎地往檢錄處跑，雲泥被她拉著小跑起來。

風從四面八方灌進來。

李清潭回到班級帳篷裡，蔣予從戰況不佳的牌局裡退下來，「看完學姐比賽了？怎麼樣，拿名次了嗎？」

李清潭回想了下，漫不經心道：「還行吧。」

蔣予彎腰從旁邊的箱子裡拿了瓶水，「昨天下午打架那件事我幫你問了，確實有幾個跑了，加上那個被打的不承認自己被勒索，所以可能到最後還是會以打架滋事破壞社會治安為由關幾天吧，影響不會很大。」

說到這件事，蔣予還有點不信，「真是你報警的？」

「碰巧遇上了。」李清潭從桌上拿了個橘子剝開，沒說當時還有第二個人在場。

蔣予擔憂道：「他們沒看到你吧？」

職高那邊風氣不太好，壞學生已經不足以能夠形容那些人，一般學生遇上都是避之不及，生怕和他們扯上關係。

「不確定。」李清潭低頭撕著橘瓣上的白絲，直到完全乾淨了才丟進嘴裡，「等等看吧，看這幾天有沒有情況。」

蔣予財大氣粗：「要不要我幫你請個保鏢？」

李清潭樂了，「不至於啊。」

蔣予聳了聳肩，一副隨他去的模樣。

女子四百公尺接力跑是上午最後一場比賽。

方淼原本就不擅長跑步，更別說這種需要強大爆發力的短程賽跑，使足了力也無濟於事。

「我真的再也不想跑步了。」方淼整個人掛在雲泥肩上，氣喘吁吁地說：「真要命啊。」

雲泥架著她，想到下午的八百公尺，腿已經開始軟了。

「唉。」她嘆了一聲氣。

中午方淼沒什麼胃口，雲泥送她回教室，也懶得出去了，從包裡翻出早上沒吃的麵包，隨便應付了一下午飯。

班上女生還在聊昨天打架的事情，雲泥翻出耳機戴上，趴在桌上補覺。

午休快結束時，劉毅海來了趟教室，叮囑大家晚上放學早點回去，不要在外面瞎逛。

雲泥被方淼晃醒，「走了，去操場了。」

她沒睡飽，垂著眼皮被方淼拽著往前走，下午的陽光更強了些，曬得人發睏。

八百公尺四點多才開始，方淼和幾個女生在帳篷下打牌，她找了個角落的位置，校服搭在臉上，睡得昏天暗地。

再醒來已經過了一個多小時，方淼不知道去哪裡了，桌上的牌亂七八糟被風吹得滿地都是。

雲泥坐在位子上緩神了一下，帳篷外人來人往，走過之處都是笑聲。

她忽地有些說不出來的疲憊，埋頭趴在桌上，渾身都沒什麼力氣。

也不知道過了多久，廣播通知參加女子八百公尺的選手前往檢錄處，雲泥抬起頭，起身往外走。

運動會已經到了尾聲，沒有剛開始那麼熱鬧歡騰，隨著太陽的西沉，莫名有著荒涼之意。

雲泥檢錄完，方淼從其他賽場跑過來，「怎麼這麼快就檢錄了，不是說四點才開始嗎？」

「好像是其他比賽結束的比較早，就一起提前了。」雲泥沒穿校服，裡面只有一件薄襯衫。

風一吹還有些涼。

好在比賽很快就開始了。

雲泥夾在奔跑的人群當中，長髮紮成高高的馬尾，隨著身影的擺動一晃一晃的。

她跑步和方淼半斤八兩。

勉勉強強跑完全程，方淼扶著她坐到一旁草坪上，「妳等我下，我回去幫妳拿水。」

她喉嚨乾澀難受，點點頭沒說話。

傍晚的溫度沒那麼高，雲泥剛剛出了汗，襯衫貼著後背，這時被風一吹，涼颼颼的。

她低頭打了兩個噴嚏，肩上忽地落下來一件校服外套，眼前的光也被擋住了大半。

李清潭半蹲下來，「怎麼只有妳一個人？」

「同學回去拿水了。」雲泥視線和他平視，他應該是剛剛運動過，渾身帶著蓬勃的熱意，眼睛又黑又亮。

他看見她別在身後的號碼牌，笑問：「跑得怎麼樣？」

「勉勉強強。」

「勉勉強強。」他重複了她的話，又說：「倒數第三？」

「……」雲泥抿了下唇，「你看見我跑了？」

李清潭「啊」了聲，抬手指了下跑道終點旁邊的露天籃球場，「剛好在那裡打球。」

「哦。」

他站起來，站在她面前，身影居高臨下，擋住光，擋住迎面而來的風。

初秋的傍晚溫度不算高，他只穿了件短袖，風一吹前襟貼著腰腹，勾勒出瘦而精壯的腰線。

雲泥盤腿坐在草坪上，肩上的校服外套溫暖而寬大，帶著點淡淡的菸味，夾雜著並不明顯的青檸香。

她伸手輕輕握住一角，布料還是熟悉的觸感，柔軟、清晰。又很快鬆開手，掌心溫度稍縱即逝。

李清潭站了一下，低下頭說：「同學叫我了，學姐我先走了。」

「欸——」她拽下外套站起來，「你的衣服。」

「妳先穿著吧，晚上放學我過去找妳拿。」李清潭沒給她拒絕的機會，轉身走了。

方淼從遠處跑過來，把水遞給雲泥，盯著男生的背影問：「那誰啊？」

「李清潭。」

方淼對這個名字有印象，「高二那學弟？」

雲泥喝了口水，「嗯。」

「這校服也是他的？」

她點頭。

方淼「嘖」了聲，「他不會是想追妳吧？」

雲泥否認：「不可能。」

「怎麼不可能？」方淼說：「萬事皆有可能。」

「我不談姐弟戀。」

方淼還是那句：「萬事皆有可能。」

「……」

伴隨著最後一場比賽結束，三中運動會圓滿落幕。

閉幕式之後，原本可以自由活動的高一高二，因為昨天在校外發生的事件，不得不留下來上自習。

晚自習，劉毅海以這次的事情和下個月的期中考試開了一節班會，之後又讓小老師發了張卷子。

做完差不多正好放學，雲泥收拾好書包，看著塞在抽屜裡的校服，一併拿了出來。

走出教室，李清潭站在樓梯口，見她出來，叫了聲，「學姐。」

方淼說先走一步，雲泥沒攔住，看著她跑遠，走過去把衣服還給男生，「謝謝啊。」

「沒事。」李清潭接過去，「走嗎？」

「嗯。」

「妳怎麼回去？」

「騎車。」雲泥頓了下，「不過我可能要晚一點回去。」

「嗯？」李清潭停住腳步。

「我晚上還有打工。」雲泥自顧自地走完最後幾級臺階，回頭看著站在臺階上的身影，「李清潭。」

他抬頭。

樓梯間裡的感應燈久不聞動靜，滅的無聲無息，少年停在暗處，淡薄的月光從外面落進來，停在他肩頭。

雲泥聽見自己的聲音。

如同這清冷的月光一般，冷淡又疏離。

「你回去吧。」

雲泥認識李清潭不到三個月，她沒想過和他有過多牽扯，這段時間發生的一切事情都已經超出她的意料。

她只能在事情還未朝著某個不可預估的方向發展前，把他們之間的關係停在這裡。停在一個她自以為最合適的位置。

那晚之後，雲泥便很少能在學校碰見李清潭。

原本就不是同個年級的人，如果不是刻意製造某些機會，兩個人很難有交集。

學校的生活依舊那般枯燥繁忙，上課、考試、打工，雲泥忙得無所適從。

轉眼間，廬城悄然步入深秋，居高不下的氣溫在一夜之間驟降十幾度，微涼的風裡也摻雜著少許凜冽的寒意。

這天早上，雲泥從起床時就覺得有點不太舒服，大概是昨晚忘了戴圍巾，騎車回來的路上冷到了。

她出門前在家裡吃了感冒藥，又帶了兩包去學校。

深秋的早上帶著深重的寒氣，街道兩旁的樹木枯葉掉落，只剩下光禿禿的枝椏，憑空生出幾分荒涼頹敗之意。

雲泥到學校不算早，踩著時間進教室。

方淼這段時間在訓練營參加集訓，她的位子一直是空著的，劉毅海平時來監督早自習都會坐在這裡。

今天早上也是，樂呵呵跟她打了招呼，就坐在那裡沒動。

「……」

她想補個覺都不行。

渾渾噩噩上了一個早自習，雲泥感覺自己頭重腳輕的症狀不僅沒減輕，反而還更嚴重了。強撐著上了兩節課，她抽空去了趟校醫室。

廬城最近降溫降得厲害，校醫室來往的人都多了些，雲泥接了校醫遞過來的體溫計，坐在角落的凳子上。

冬天快來了，燒烤攤的生意爆棚，她已經連著好幾天都晚下班一個小時，風霜夜露深，結束後那段回家的路格外漫長而寒冷。

生病真的挺折騰人的，雲泥坐了一下便覺得有些冷，起身站起來，正好校醫忙完上一個，對她笑說：「來，時間差不多了，體溫計我看看。」

雲泥帶著鼻音「哦」了聲，拿出體溫計遞過去。

「有點低燒呀。」校醫拿出病歷單，邊寫邊問：「高幾了？」

「高三。」

「那我先開點藥給妳吧，如果沒什麼好轉，再來打點滴。」

雲泥點點頭說行。

開好病歷單，雲泥去隔壁藥房拿藥，前面還排著隊，她慢吞吞站到隊伍後面，低頭看腳邊的影子。

拿完藥已經快上課了。

雲泥沒多停留，拽著藥袋快步往樓下走，她始終低著頭，也沒去注意那些擦肩而過的人。

臺階上。

李清潭停住腳步，側身往旁邊看了眼，藍白色的身影在迴旋的樓層間一閃而過，很快沒了蹤影。

被他扶著的蔣予抬頭看他：「怎麼了？」

「沒事。」李清潭收回視線，走了幾步，才發現他和雲泥已經快有半個月沒說過話了。

最後一次見面的那個晚上，她雖然沒有多說其他的，可李清潭聽得出來她話語裡的疏遠之意，雖然不明白為什麼，但他也不是死纏爛打的人。

也許吧。

他們之間只能到這了。

雲泥這場病來勢洶洶，吃了校醫開的藥也沒好轉，但她沒打算在校醫院打點滴，因為貴。

週五她請了半天假，連燒烤店晚上的班也請假了。

中午放學，別人去學生餐廳吃飯，她背著書包推著車往外走，夾雜在人流中格外顯眼。

學校馬路對面的一輛黑色奧迪車裡，李清潭坐在後排的位置，隔著一扇窗看見女生騎車遠去的身影。

「爸送你來廬城也是不得已的決定，你在原來的學校打架鬧事，我們家的身分擺在那裡，不把你送走，對方不會善罷甘休。爸為了你的事花了不少的心思，你不要再胡鬧了，知道嗎？」李明月說完話半天不見人吭聲，從電腦前抬起頭，見弟弟盯著窗外出神，一直看著他沒說話。

李清潭察覺到車廂內異常的安靜，回過神，看著眼前這個和自己並不相像的姐姐，說：「我知道了。」

「你知道什麼了知道？我剛剛說的話你都聽進去了嗎？」

「聽見了。」李清潭看著她，格外認真的說：「真聽見了。」

李明月見他這樣，也沒再多說，換了個話題：「最近課業怎麼樣？」

「就那樣。」李清潭想笑：「反正以後要回北京參加升學考，在這裡學的再好又有什麼用？」

「……」

李明月懶得再說，重新看著電腦上的檔案：「我下午在南京還有個會議，等一下就不陪你吃午飯了，幫你帶了點衣服和吃的，在後車箱自己去拿吧。」

李清潭笑著說：「謝謝姐。」

提著東西站在路邊目送李明月的車開走之後，李清潭沒回教室，在路邊攔了輛計程車直接回家了。

他來廬城這一年，除了李明月，李家的其他人都不曾來廬城看過他，李鐘遠只會在他做錯什麼事時打來一通責問的電話。

至於李太太和李家大兒子李清風，他們可能更寧願李清潭這個人從未存在過。

李清潭回到家裡，把手裡的東西放在茶几上，整個人摔躺在沙發上，屋裡沒開暖氣，溫度很低。

他閉上眼睛躺了一下，又想起什麼，摸出手機打開通訊軟體，盯著其中一個聯絡人看了一陣子。

最終李清潭還是什麼都沒做，放下手機丟在一旁，就這樣在客廳睡著了。

醒來天已經黑了，屋裡依舊冷冰冰的沒有什麼人氣，他起身時察覺喉嚨有點不舒服，也沒在意，赤著腳進了浴室。

次日週六，廬城氣溫又降。

雲泥昨天在社區門口的診所打了點滴，早上又去了一次，中午隨便吃了點米粥，就坐車去了宋家。

程雲華一開門聽她聲音不對，說：「怎麼妳也生病了？早上小潭過來，也啞著嗓子，都發燒了也不知道。」

雲泥緩了幾秒才反應過來她口中的小潭是誰，甕聲說：「最近降溫太快，沒注意冷到了。」

「來，快進來。」程雲華關切道：「去醫院看過了嗎？」

「看過了，已經打了兩天的點滴。」

程雲華說：「早知道妳生病了，今天補課就取消了呀，讓妳在家裡好好休息。」

「沒事的阿姨，我已經好多了。」

程雲華還是擔心，泡了杯薑茶給雲泥，「妳一個人在家也要好好照顧自己，不然妳爸爸在外面也不放心的。」

雲泥被薑味刺了眼，眼眶有些酸，握著杯子說好。

考慮到她生著病，又不想讓她白跑這一趟，程雲華索性就將補課的時長縮減了一個小時。

她說：「正好枝枝最近學校裡的事情也多，難得週末，就多給她一點休息時間。」
雲泥知曉這是長輩的好意，也沒拒絕。
兩個小時比起三個小時更顯短暫，宋枝趴在桌上，滿臉倦容，「國三真不是人過的日子。」
雲泥收拾好書包，笑說：「高三妳也會這麼說的。」
「……」
說話間，客廳外面也傳來說話的聲音。
雲泥聽見程雲華的聲音：「你這就走啦？不留下來吃晚飯再走嗎？」
隔幾秒。
是男生的聲音，沙沙的，有些啞。
「不吃了，和同學約好有點事情，現在要過去一趟。」
程雲華：「那你回去路上注意安全啊，買給你的藥記得吃，別不把身體當回事。」
「嗯。」
緊接著是開門的聲響。
雲泥回過神，將書包挎到肩上，拿上鑰匙和口罩：「那我也先回去了，下週我帶卷子給妳做。」
「好，姐姐再見。」

雲泥從臥室出去，程雲華也免不了一通叮囑，她都一一應下，到門口才說，「阿姨再見。」

「回去路上慢點。」

「好。」

雲泥從宋家出去，走廊和屋裡溫度相差太大，她低頭打了個噴嚏，餘光裡瞥見一雙黑色的運動鞋。

順著往上看。

男生一身黑色，肩寬腿長，口罩遮住半張臉，露出一截高挺的鼻梁和漆黑的眼。

四目相對。

雲泥聽見他有些熟悉的、帶著些沙啞的聲音：「學姐。」

她眼皮一跳，口罩有些悶住呼吸，往下拽了拽，露出鼻子和嘴巴，這才緩過來。

她問：「我聽程阿姨說你生病了，好點了嗎？」

「好多了。」他說。

「哦。」

「妳呢？」

「也好得差不多了。」

「嗯。」

兩個人坐同一趟電梯，一起走到社區門口，雲泥以為會和他分開，停住腳步，「那我先走了。」

他腳步沒停，「去公車站嗎？我也要去。」

雲泥愣了下，跟上他的步伐。

外面冷風凜冽，颳得臉疼，她又重新把口罩戴好，低著頭匆匆穿過並不寬闊的馬路。

公車站離得並不遠，此時並不是上下班尖峰時段，但因為是週末，月臺依舊很多人。

雲泥遠遠看見自己要等的那班公車快要開過來，扭頭問李清潭：「你坐哪班？」

李清潭剛才在看手機，聞言抬起頭，1路公車也恰好到站，他下巴輕抬：「坐這個。」

雲泥和他同路。

1路經過的公車站差不多橫跨大半個城市，這個時間坐車的人也不少，車一進站，前門就湧上一堆人。

雲泥從口袋裡摸出兩枚硬幣，擠在隊伍旁邊，忽地被人從後面勾住羽絨外套的帽子。

她回頭。

李清潭鬆手，聲音很淡：「先從後門上。」

雲泥跟上他的步伐，從敞開的後門上了車，其他人見狀也要效仿，司機等人都上得差不多了才說：「剛剛從後門上來的記得投幣，我這都有監視器的。」

李清潭從錢夾裡摸出張紙鈔，準備讓前面的人遞過去，雲泥及時扯住他的手臂，「我有硬幣。」

她轉過頭把四枚硬幣遞給旁邊的阿姨，麻煩她往前遞。

車上人很多，能站的位置有限，雲泥勉強抓住扶手，另隻手扶著旁邊座椅的靠背。

李清潭站在她身後，單手握住扶手上面的橫桿，手腕露在外面，腕骨非常漂亮。

車子行駛的並不平穩，轉彎加速煞車都很突然，車裡的人晃來晃去，雲泥時不時往後倒，腦袋撞到李清潭的下巴。

他稍稍站直了身體，視線往下落。

女生微低著頭，露出一小截白皙的脖頸，耳後那一側以及整個耳朵不知道為什麼泛著紅意。

又一個轉彎。

雲泥不受控制地往旁邊倒，李清潭眼疾手快地伸出手，抓著她手臂把人扶穩了。

衣衫摩擦間，雲泥又聞見那一點熟悉的青檸香，在這沉悶的空間裡，像是枯敗山林裡的潺潺清泉，乾淨、澄澈，一塵不染。

好在擁擠的情況並未持續太久，途中經過火車站的站牌，車廂裡空了三分之一。

李清潭拍拍雲泥的肩膀，提醒道：「那裡有位子。」

兩個人坐到車廂倒數第二排。

車裡溫暖而悶熱，雲泥坐下來之後便有些昏昏欲睡，整個人完全放鬆狀態靠著椅背，隨著車子的行駛晃來晃去。

李清潭一坐下來就在玩手機，座椅之間空隙太小，一隻腿屈著，另隻腿側在座椅外面。肩膀時不時壓上一些重量，而後又即時撤離。

也不知道過了多久，這點重量又一次落下來之後，一秒兩秒三秒，一分鐘過去了也沒有要抬起的跡象。

李清潭玩遊戲的手停了下來。

他扭頭從並不乾淨的玻璃上看見兩個人的側影，隨著車子的快速移動，忽隱忽現。

約莫只有十幾秒的光景。

他收回視線，低頭笑了一下。

第四章　出事

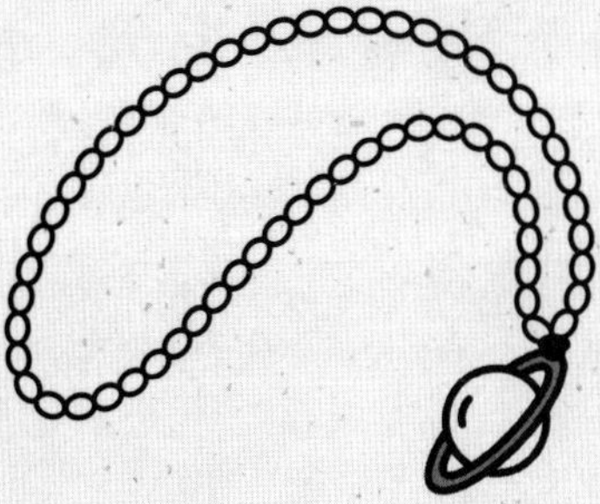

雲泥做了很長的一個夢。

大約是最近生病難受，抑或是車裡的環境過於溫暖，她少有的夢見了母親徐麗還在世的那段日子。

那陣子，家裡的車子、房子，所有能賣的全賣了，雲連飛從朋友那裡借了筆錢，在老城區的公寓大樓裡租了一間房。

一房一廳的格局，面積小到廁所裡站了兩個人就轉不了身，沒有陽臺沒有廚房，客廳只能擺下一張沙發和一張桌子。

屋外的走道上擺著一個簡易的灶臺，一到做飯時間，擁擠嘈雜，滿棟樓都是嗆人的油煙味。

哪怕是夏日烈陽，屋裡卻始終陰暗潮溼，處處透著一股霉味。

那一年，雲泥十一歲。

從裝潢精美的別墅裡搬出來，不再擁有獨立的房間和漂亮的公主裙，放棄了一直在學的舞蹈。

雲泥在一夜之間被迫長大。

她一個人上學，不再需要父母接送，學會洗衣做飯，會在每週六下午陪著母親從老城區坐很久的公車去醫大附設醫院做化療透析。

那一段路對於十一歲的她來說實在太漫長，夏天時，車上沒有空調，徐麗會拿一個小扇子輕輕搧一路。

到了冬天，雲泥會靠在母親懷裡，握著母親布滿針孔的溫熱掌心，和她聊起在學校的瑣事，而後慢慢睡著。

有時她會突然醒來，抬頭看看窗外，然後小聲問母親到哪裡了。

那一段路，有陽光、有綠樹，窗外有騎著自行車的路人，身旁有耐心而溫柔的母親。

雖然辛苦，可雲泥從來沒說過一個累字。

從夢裡醒來，耳邊依舊是嘈雜的動靜，雲泥看向窗外，街道、行人、枯樹，有一瞬間恍惚還在夢裡。

她像小時候的每一次，低喃出聲：「媽媽……我們到哪裡了？」

話一出口，雲泥便完全清醒，眼前的街道不再是多年前走過的那條老街，母親也早已離開自己。

可耳畔仍有熟悉的回答：「剛剛過了春臺街站，下一站是裕豐花市。」

雲泥怔愣了下，抬起頭，睜著一雙黑白分明的眼，沉浸在往事和現實的混亂裡。

李清潭關了手機，偏頭看著她，聲音比起之前清晰很多：「怎麼了？」

「沒事。」雲泥搖搖頭，閉上眼睛，努力想把那些翻湧的往事壓回去，也許是生病讓人變得敏感脆弱，她仍舊忍不住有些想哭的衝動。

口罩悶住呼吸和鼻子泛酸時的吸氣聲，卻擋不住泛紅的眼尾和眼裡呼之欲出的難過。

李清潭什麼也沒問。

他不是沒聽見她剛剛睡醒時的那一聲低喃，也不是沒有注意到她不同尋常的呼吸聲，更不是沒有看見她哭紅的眼睛。

但他仍什麼都沒有問。

世人都有窺私欲，但有些隱私和過往，是不能輕易被提起的，那些用血和淚掩埋的過去，往往都是連著筋帶著骨，隨便一拉扯，都會將看似已經恢復完好的傷疤撕裂。

苦難是不會被時間的洪流消磨掉的，它會存在於某個角落，會蒙塵會晦暗，卻永遠不會消失。

李清潭只是跟著雲泥下車。

深秋的傍晚暮色也帶著荒涼之意，冷風無孔不入，老街區少有高樓大廈，破敗的民宅連牆皮都是斑駁的，街頭巷尾隨處可見的小廣告，盤旋拉扯的天線布滿了灰塵。

連天空也是昏暗的。

雲泥從車裡下來，熟悉的空氣撲面而來，她拽下口罩，語氣已經恢復如常：「你不是要去找你同學嗎？」

李清潭也拽下口罩，露出白淨的臉和嫣紅的唇，很隨意的說：「我餓了。」

「……」雲泥想起之前欠他的那頓飯，想著擇日不如撞日，她說：「我請你吃晚飯吧，你想吃什麼？」

他一副什麼也不挑的模樣：「都行。」

雲泥帶他去了家小菜館，主打盧城周邊城市的特色菜，口味適中，不過分清淡也不會過分油膩辛辣。

這個時間店裡已經坐了不少人，都是在附近工地上班的工人。

老闆娘讓兩人去了二樓，坐在窗邊可以看見很遠處正在建造的高樓輪廓，夕陽如殘血，聲嘶力竭地發揮著最後一絲光熱。

李清潭好像很少來這種地方吃飯，坐下來撓了撓臉，左看看右看看。

雲泥幫他拆了碗筷，又倒了熱水燙了一遍，「你看看菜單吧，有沒有什麼想吃的。」

李清潭「哦」了聲，拿著菜單看了一圈，最後指著地鍋雞三個字問：「這個是什麼？」

「就是用一個大鐵鍋炒出來的雞，裡面會放馬鈴薯和芹菜，然後鍋沿會貼一圈餅。」

他看起來好像還挺感興趣的，笑說：「那就吃這個吧。」

「好。」雲泥把菜單遞給上樓來點菜的老闆娘，除了雞還加了一份涼拌黃瓜，另外要了兩份米飯。

老闆娘複述了一遍，又問：「地鍋雞要辣嗎？」

雲泥說：「不要，紅燒就行了。」

「好的，晚上人比較多，可能要等一下。」老闆娘拿著菜單下樓。

樓上的空位還沒坐滿，李清潭看了一圈，端起杯子喝了口熱茶，才說：「學姐。」

「嗯？」

「妳最近晚上還在打工嗎？」

雲泥放下手機：「差不多，週一到週五都在。」

李清潭點點頭，指腹貼著杯壁，垂著眸不知道在想些什麼，雲泥也沒多問，等到菜端上來，兩個人吃飯都不怎麼說話。

一頓飯吃得安靜又滿足。

從店裡出去時，外面天已經完全黑了，老城區亮起燈，霓虹氾濫，不同於白日的灰敗荒涼。

李清潭站在街角，口罩掛在右邊耳朵上，身形隱在黑夜裡，「那我先走了，妳早點回去。」

雲泥點點頭，看著他往公車站的方向去，轉身往社區走。

李清潭半路上接到蔣予的電話，從公車上下來，攔了輛計程車去他那裡一趟。

他今天確實約了人，這段路這頓飯都是意外。

見了面，蔣予罵他見色忘義，李清潭歪在沙發上沒解釋，他那時也說不上來是什麼感覺，但就是不想讓她一個人下車、一個人回家又一個人吃飯。

也許都不會吃飯。

所以他就跟著下了車。

蔣予這間房是他爸買給他的生日禮物，離三中不遠，兩房一廳，一間臥房，另外一間被他改成了遊戲房。

兩個人邊打遊戲邊聊天。

蔣予問：「職高那幾個人快出來了，我最近也沒聽到什麼風聲，那天應該沒看見你吧？」

「可能吧。」事情剛出那一陣子，李清潭每天都在留意職高那邊，但都沒什麼動靜。

那天事出突然，他後來想了下，那條巷子雖然平時來往的人不多，但偶爾也是有人走過的，也許對方會以為是巷子裡的住戶報的警也說不定。

但李清潭仍舊不敢冒險，起碼在這件事情上，他做不到像以前那樣隨心所欲、不管不顧。

雲泥週日在家休息了一天，感冒的症狀好了很多，只有一點小咳嗽和鼻塞，週一去學校，方淼已經從訓練營回來，趴在桌上補覺。

她參加了學校的生物競賽班，如果能夠順利拿到保送，下一年她就不用來學校了。

高三了，所有人都在為了未來努力著。

雲泥看著教室後牆黑板上所有人寫下的夢想，有想去的學校有想見的人，唯獨她的那一張是空白。

她的未來是空白的。

雲泥看不見自己的未來，她只想走好現在的每一步，好好念書、努力賺錢、替家裡還清債務。

方淼聽見她坐下來的動靜，習慣性地從抽屜裡翻出一盒牛奶遞過去：「聽老劉說妳生病了，好點了嗎？」

「差不多了。」雲泥看著她明顯瘦了一圈的臉，「妳集訓結束了？什麼時候考試？」

「十二月。」方淼揉揉眼睛，「比賽前還有一次集訓，然後就考試了。」

「有信心嗎？」

「當然。」方淼微挑了下眉毛：「妳也不看我是誰。」

雲泥笑了笑，插上吸管，喝了兩口牛奶，還是溫熱的。

高三的生活依舊一成不變，入冬之後，高三之前被占用的體育課重新解封，每週一節，點了名之後也不允許回教室。

二班的體育課在每週五的最後一節課，雲泥和方淼夾在課前跑八百公尺熱身的隊伍裡。

「我寧願，真的，我寧願沒有這節課。」方淼大口喘著氣，「我現在覺得在教室聽老劉囉嗦也挺好的。」

雲泥也好不到哪裡去，一說話就覺得呼吸不過來，「教室門鎖了嗎？」

「鎖了，鑰匙在劉浩宇那裡，他是體育股長，不可能會徇私舞弊的，妳就別想回去了。」

「……」

八百公尺熱身結束，二班的女生都氣喘吁吁的，體育老師哨聲一吹，又互相攙扶著從草坪上站起來。

汪平說：「你看看你們，才八百公尺就跑成這樣了，一看就是平時不怎麼運動，照這樣下去，我看還不如跟學校提議讓你們下課參加跑操。」

話音落，一片哀聲嘆氣。

「汪老師，別這樣。」

「做人留一線，他日好相見啊。」

班上哄堂大笑，汪平也就是說著玩，也沒怎麼為難大家，讓體育股長去拿了些運動器材，就放手讓大家自由活動。

「怎麼玩隨你們，但不准回教室也不准出操場，被我抓到要罰跑的，聽見了嗎？」

底下三三兩兩應著，「聽見了。」

理組班男生多，雖然平時念書忙，但碰上籃球也都有著說不出來的熱血，一個兩個抱著球往籃球場跑。

雲泥和方淼去打了一下羽毛球，班上學藝股長從遠處跑過來，臉上滿是激動：「快來快來，我們班男生和高二那邊的打起來了！」

「我靠！」方淼球拍一扔，「現在高二的這麼猖狂嗎？敢跟高三的學長打架？」

「不是不是。」孫月梨大喘氣：「不是打架，是打比賽，籃球比賽，劉浩宇叫我們過去加油呢。」

方淼撿起剛剛丟掉的球拍，「那還等什麼，快走啊。」

比起去湊熱鬧，雲泥更情願找個角落待著，但壓不住方淼的激動，被拉著一起去了籃球場。

比賽已經開始了。

籃球場經常有這樣的隨機比賽，其他班的體育老師也跟著湊熱鬧，捏著哨子當裁判。

球場周圍已經擠了一圈人，男生女生，歡呼雀躍。

雲泥和方淼從旁邊擠進去，站在班上女生旁邊看清場上的陣容，高三的不只二班的男生，還有其他班的三個男生。

至於高二，她目光飛快地從場上看了一圈，那一張張蓬勃又朝氣的臉，對於她來說都是陌生的。

哨聲吹響，籃球撞在橡膠地上，一下又一下，有男生進了球，歡呼聲快要衝破球場，那些女生的小心思無處遁形。

很快第一小節結束，劉浩宇他們幾個從場上下來，滿頭大汗，接過女生遞過去的水，笑得肆意飛揚。

雲泥好像與他們格格不入，沒有歡呼沒有激動。

她正準備走，目光不經意間掠過對面高二的陣營，倏地頓住了。

男生被隊友從地上拉起來，一躍而立，動手脫著校服外套，扭頭聽隊友說話，把外套丟給了同學。

周圍女生看到他上場，忍不住歡呼吶喊。

他抬手接過隊友扔來的護腕，手臂抬起的瞬間，衣服被風吹起一角，露出一截腰線。歡呼聲更上一層。

他好像並不在意這些，低頭認真戴著護腕，額前黑髮垂落幾縷，骨相和面相都漂亮又出挑。

雲泥突然又不想走了。

高二最終獲得了這場比賽的勝利，李清潭被隊友簇擁著往場下走，一堆女生圍過來，遞水遞紙巾，熱情的不像話。

他高舉雙手，邊笑著說謝謝邊避過這些好意，彎腰從地上撈起外套，踢了踢蔣予的小腿，「有水嗎？」

蔣予搞不懂他在想什麼，下巴輕抬：「那不都是要給你水的人嗎？隨便接一個就是了。」

「給我我就要，我是這麼隨便的人嗎？」

「那你別找我要，我沒水。」蔣予拍拍手從地上站起來，「真是身在福中不知福啊。」

李清潭看著他往外走，抬手抹了下額角的汗，問：「你去哪？」

「買水給你啊，大少爺。」

他笑了聲，沒什麼顧忌地直接坐在地上，隊友還沉浸在剛剛結束的比賽裡，擠在他旁邊嘰嘰喳喳說個不停。

「就你剛才那個三分球，我靠，角度也太刁鑽了吧，我都已經做好不會進的準備了。」

「不過高三這幾個學長也算厲害，好幾次過球都被攔下來了。」

「是吧是吧，尤其是那個大高個，站我面前，我覺得我就是隻弱小無力的小雞。」

「你才小雞——」

「我靠！你他媽才小，你渾身上下哪裡都小！」

男生很快又吵成一團，李清潭屈膝坐在那裡，手臂搭在膝蓋上，視線看向遠方，卻沒什麼焦點。

他被打鬧的男生擠來擠去，身體也跟著一晃一晃的，有人不注意倒在他後背上。

李清潭往前躲了下，人倏地站起來，回頭看著躺在地上的男生，解釋了句：「都是汗，黏。」

男生大大咧咧也不在意：「潔癖潔癖，我懂的。」

李清潭拿著校服換了個位置，操場上傳來集合的哨聲，他扭頭往球場出口處看了眼。

一張熟悉的側臉在人群裡一閃而過，而後便被烏泱泱的人流淹沒，他愣了下，回頭抓住旁邊打鬧的男生，「今天跟我們打球的是高三幾班的？」

曾揚揚想了一下：「六班，還有二班跟十五班的，怎麼了？沒打夠嗎？沒打夠我回頭再約一場也可以啊。」

李清潭搖頭說沒事，又看了眼已經走遠的人群，神情若有所思。

等蔣予買完水回來，體育課也到了尾聲，五班的體育老師在球場外面隨便找了個地集合，然後又原地解散。

李清潭去洗手臺洗手，蔣予跟上去，拿著水靠在一旁：「我剛聽人說鐘焱昨天下午又被人打了。」

「嗯？誰？」

「就是上次被職高打的那個男生。」蔣予說：「也不知道他到底惹了誰，天天不是被打就是在被打的路上。」

李清潭關上水龍頭，甩了甩手上的水珠，「你聽誰說的這事？」

「就剛買水的時候，碰到隔壁班那幾個人，他們不是經常蹺課跟職高的人混在一起嗎，今天下午鐘焱被打的時候，他們也在。」

「是嗎。」李清潭喝了口水，對這些事情沒什麼興趣，「走了，出去吃飯。」

「好哩。」

體育課結束後，雲泥和方淼隨著下課的人流往校外走，一路上，方淼還念叨著剛才的比賽。

雲泥應和著，腦海裡不由自主浮現出李清潭的身影。少年穿著深色的衣服，膚白如雪，奔跑在人群裡，生動而鮮活。

她輕晃了晃腦袋，甩出這些亂七八糟的畫面，此時放在口袋裡的手機嗡嗡震動了兩聲。

雲泥抬頭看了眼紅燈，摸出手機看了眼。

李清潭：『學姐。』

她愣了下，過了馬路才回。

雲泥：『？』

李清潭：『我剛剛和你們班的同學打比賽了。』

雲泥：『哦，我知道。』

傳完這則，方淼已經拉著她進了米線店，點餐時手機在口袋裡嗡嗡震動著。

雲泥找了張空桌坐下，重新拿出手機。

李清潭：『妳來看比賽了？』

李清潭：『學姐？』

李清潭：『？』

她快速地回了兩個字，『沒有。』

李清潭大約隔了五六分鐘才回。

李清潭：『咦？』

雲泥：『？』

李清潭：『可是我明明看見妳了哦。』

雲泥：「……」

她關了手機，沒有再回他的訊息。

方淼拿著手機湊過來，「校群裡有女生在問下午和我們打球的高二學弟是誰，妳看看這個是不是李清潭？」

三中有個大的校群，不知道是哪屆的一個學長建的，後來就這樣一直傳了下來，群裡學生人數龐大，每天都會及時分享新一手八卦和熱門消息。

李清潭的那張照片很明顯是抓拍的，畫質有點模糊，他正低著頭在運球，側臉線條優越極了。

照片一發出來，底下很快湧出一堆留言。

『高二理科五班李清潭，不用謝。』

『他很難追的，平時人也很低調，在學校除了那張臉，基本上沒什麼存在感。』

『據說是從北京來的轉校生，家裡特別有錢，和他一起玩的蔣予，廬城蔣氏的小兒子，你們自己感受一下吧。』

『我就是問問，也沒說要追呀，認識一下不行嗎？』

『認識？行了吧，你問問我們班女生，有誰和他說超過十句話的，我認她當爹。』

就那麼一下子，群裡七嘴八舌已經從李清潭的相貌聊到家世，甚至是蔣予的背景，都透露的一乾二淨。

方淼嘀咕著：「看不出來啊，他在班裡是這種人設，我看他平時和妳不是話還挺多的嗎？」

「有嗎？沒有吧。」雲泥否認道：「我們也沒說過幾句話。」

方淼搖頭「嘖」了聲，一直看著他們在群裡聊這事，等到老闆娘把米線端上來，才放下手機。

雲泥垂著眸，有些心不在焉，差點把醬油當醋倒進碗裡。

吃完飯，方淼順路去旁邊的晨光文具店買筆，雲泥拿著本講義站在貨架旁。

這時還是放學的高峰期，店外人來人往。

雲泥看了兩頁，發現裡面有很多題目她都做過了又放回去，往外走時看見遠處走過來的兩道身影。

她愣了一秒，而後轉身朝更角落的位置走過去。

方淼還在糾結是拿兩支筆還是拿一盒筆芯，看她慌張的樣子，問了句：「怎麼了？」

「啊，沒事。」雲泥隨便拿了本書裝樣子，眉間微蹙，也搞不清楚自己為什麼要躲。

反正就……挺莫名其妙的。

她嘆了聲氣，闔上書，看見封面寫著幾個字。

──《霸道校草愛上我》。

雲泥：「……」

一晃，又是週五。

三中人性化教育，高三最後一節自習課通勤生可以提前二十分鐘下課，住校生自行安排時間。

雲泥和燒烤店老闆商量了下，把上下班時間也跟著提前了。

冬夜的風凜冽刺骨，燒烤攤生意爆火，在店外搭了好幾個紅色的棚，她忙前忙後，也沒覺得有多冷。

下班已經快十一點。

雲泥去後面休息室拿了書包和圍巾，和老闆娘打過招呼，繞過人群從店裡走出去。

臨近午夜，外面街道依舊燈火通明。

她一邊往停車的地方走，一邊低頭圍著圍巾，迎面倏地跑過來一個人和她撞在一起。

手裡的手套掉在地上，男生搶在雲泥之前彎腰撿起來，飛快地說了聲對不起，而後又很快地跑遠了。

雲泥還沒緩過神，他人已經不見蹤影。

她覺得有些奇怪，但也沒多想，伸手去戴手套，指尖碰到一個硬物。

雲泥把手套倒過來，裡面的硬物是一個紙團。她展開，上面寫著一行字，字跡有些潦草，但不妨礙辨認。

——最近注意點，有人要找妳麻煩。

沒頭沒腦的一句話。

雲泥想起剛才那個奇怪的男生，又回頭看了眼他最後消失的街角，心裡莫名有些不安。

回去的路上，她想了很久，也沒能想到是誰會來找麻煩。

僅僅只是一張沒有署名更沒有任何線索的紙條，雲泥無法和警察說，只在週一回學校之後，和班導師劉毅海提了這件事。

劉毅海看完紙條上的內容，眉頭蹙著，沉聲問道：「能確定這紙條是給妳的嗎，會不會是惡作劇？」

雲泥：「應該是給我的，碰到那個男生之前手套裡沒有東西，但我不確定會不會是惡作劇。」

「男生妳認識嗎？」

「不認識。」雲泥甚至連他的臉都沒看清。

「這樣吧，燒烤店的打工妳先別做了，晚自習下課妳也早點回去，這件事我會和學校說，看看能不能有什麼解決辦法。」

「好，謝謝劉老師。」

「沒事，反正妳平時出入學校回家路上多注意些。」

「嗯，知道了。」

這張突如其來的紙條就像是平靜湖面丟下去的一塊小石子，在還沒徹底沉底之前，誰也不清楚它會給這片湖帶來什麼樣的影響。

又一週過去，無風也無浪。

雲泥沒碰上什麼事，也沒出現任何意外。

劉毅海之前和學校說了這事，但因為沒出什麼事，學校只當是惡作劇處理，後續也不了了之了。

感恩節那天，燒烤店的老闆叫雲泥回去幫忙。

可能是節日氣氛，那天店裡人很多，樓上樓下十個包廂都滿了，雲泥被叫去站收銀臺。

她忙到很晚，店裡還剩下好幾桌客人，其中有一桌在店裡坐了快三個小時，男男女女都有。

雲泥送了幾次酒，也沒太注意什麼。

那天她很晚才走，臨走前老闆娘特意包了一份炒飯和一些烤串讓她帶回去吃。

雲泥提著吃的從店裡出來，走到停車的地方，彎腰開鎖時發現後車胎癟了。

學校附近的修車店早就下班了，她想著離家也不是很遠，索性就推著車往回走，打算等明天一早再去社區旁邊的修車店。

雲泥沿著路邊人行道慢慢往前走著，街道兩側的路燈打下昏黃的光影，馬路上摩托車疾馳而過，直到很遠的地方還能聽見引擎的轟鳴聲。

廬城位置偏南，冬天的冷不似北方的乾冷，是溼冷的，讓人由內而外都覺得竄著冷意。屋漏偏逢連夜雨。

雲泥走著走著，發現車子的鏈條也不知道怎麼回事垂了下來，垂在地上隨著車子一晃一晃的。

她停下來，拿下手套，蹲在一旁撥動著鏈條。

不遠處有凌亂的腳步聲靠近。

雲泥抬起頭，隔著交錯縱橫的車輪，看見幾個女生勾肩搭背緩慢地朝著這裡走來。

冬夜的街道，安靜而寒冷，她們猶如不速之客打破了這一時的平靜。

李清潭最近回了北京。

家裡老爺子犯了舊疾，非求著李鐘遠把李清潭叫回來，李鐘遠不好駁父親的面子，只好把人接了回來。

李清潭是六歲那年回的李家，雖入了族譜，但除了李鐘遠和老爺子，還有李明月，李家其他旁支都沒把他當回事。

老爺子很寵這個最小的孫子，李清潭在他的庇護之下也算過了一個比較完整的童年。

他在病房裡坐了一下，等老爺子休息了才從裡面出來。

小客廳的沙發上，李明月還在處理公務，頭也不抬地說：「桌上有早餐，吃完我讓忠叔送你回去休息。」

「不用，這裡不是有床，我隨便躺一下就好了。」李清潭走到桌旁，打開食盒。

李明月看了他一眼，又說：「看爺爺現在的意思，是想讓爸提前把你接回來上學了。你這學期在廬城就安分點，別老惹事讓爸生氣，說不定過完這個年，你就不用再回去了。」

李清潭「嗯」了聲，低頭喝著豆漿。

放在一旁的手機閃了閃，他一邊聽李明月說話，一邊拿起手機。

是蔣予傳來的訊息。

——『出事了。』

「姓名。」

「雲泥。」

「年齡。」

「十七。」

馬路上急速行駛的一輛警車裡，雲泥低著頭坐在後排，耳邊是呼嘯而過的警笛聲。

簡單了解過她的身分資訊後，女警開始進一步詢問關於這場意外的詳細經過。

她抿了抿有些乾澀的唇角，臉頰傳來陣陣刺痛，聲音低啞：「我從店裡出來之後，沒走多遠就在碰到了她們，一開始以為只是路過的人。」

女警打斷道：「之前有和她們發生過爭執嗎？」

「沒有。」

「那後來呢？」

「她們把我拖進旁邊的巷子裡。」雲泥三言兩語描述了對方實施暴力的過程，「後來有個男生衝進來，她們聽到對方要報警，很快就跑了。」

來的五個人都是女生，下手不輕，雲泥反抗了幾下就被壓住，毫無還手之力，拳腳接二連三地落下。

腦袋、手臂、後背、小腹、腿，一下又一下。

她想呼救，嘴巴卻又被捂住，嗆人的菸味和劣質的香水味撲鼻而來，眼淚瞬間被刺激出來。

寒冷的冬夜，骯髒的巷子，不堪的施暴者。

雲泥在拳腳的縫隙之間看見夜空閃爍的星星，遙遠而不可及。

按住的手臂被鬆開，她身體因為疼痛緩緩蜷縮到一起，耳邊的笑聲和辱罵聲逐漸變得縹緲。

「妳們在幹什麼！？」遠處有急促地腳步聲靠近，男生停下來，「我已經報警了，不想死的就給我滾。」

「靠！」

「走！快走！」

「你給我等著！」

幾個女生推搡著從另一邊跑走，雲泥鬆開護在腦袋上的手臂，呼吸變得微弱，頭髮黏在紅腫的臉側，嘴角破開，口腔裡溢滿了血腥味。

手機被丟到很遠的地方，書包的拉鍊敞開，裡面的書本和卷子被撕得粉碎，零落在汙水裡。

男生撿起書包和手機，走到雲泥面前蹲下來，用她的手機撥通了一一〇，動作有些粗魯地把電話湊到她耳邊，「自己說。」

雲泥抬眸看他，他飛快地轉過頭。

她不再多想，伸手握住手機，食指指甲斷開，血水混著泥水黏在手上和指縫間。她扶著牆坐起來，語氣虛弱：「喂，我要報警。」

「那個男生你認識嗎？」警車裡，坐在前排的警察聽完雲泥的敘述，回頭問了一句。

「不認識。」雲泥想起什麼：「在這之前，我收到過一張紙條，上面寫著讓我最近注意一點，有人要找我麻煩。」

「誰給妳的？」

「一個男生，撞到我之後塞在我手套裡，我沒有看清他的臉。」

說話間，警車已經開到附近的醫院門口，雲泥在女警的陪同下去了急診大廳掛號。

雲連飛在外地一時片刻趕不回來，警察只好先通知了她的班導師劉毅海。

事情一直處理到後半夜。

雲泥暫時留院觀察，劉毅海跟著警察回派出所了解情況，留下妻子楊芸在醫院照顧她。

楊芸進了病房，見她沒睡，勸慰道：「現在沒事了，好好睡一覺吧，妳爸爸明天就回來了。」

「嗯。」雲泥額頭貼著藥，手臂上吊著繃帶，臉又紅又腫，沒有一點睡意。

一直到快天亮，她才迷迷糊糊睡了一下。

可睡著了也不安穩，夢裡她又回到那條骯髒黑暗的巷子，呼救無門，無數雙拳腳落下來。疼痛和恐懼在夢裡不斷放大，她猛然驚醒，眼前是一片晃眼的白，後背嚇出一身冷汗。

已經是第二天了。

四人的病房，電視機開著，小孩趴在床邊玩手機，老人躺在床上，走廊外不時有說話聲和走動的腳步聲傳進來。

雲泥突然有種劫後餘生的慶幸感。

她從枕頭底下摸出手機，昨天沒注意，螢幕都摔碎了一角，上面還沾著汙漬，印在十點三十一的那個一上。

又閉上眼睛緩了一下，雲泥起身去外面透氣，正好碰到剛從茶水間裝水回來的雲連飛。

她扶著牆邊的扶手，啞聲道：「爸。」

雲連飛眼眶倏地紅了，拖著並不方便的腿腳，走過來扶著她，「餓不餓，你們劉老師早上送了粥，我拿去幫妳熱一熱，妳吃一點？」

「好。」雲泥重新回到病床上躺著，看著雲連飛忙前忙後，直到吃上熱乎乎的粥，她才問：「你早上什麼時候到的？」

「九點多。」雲連飛在床邊坐下，目光落在女兒身上。

雲泥低頭吃了兩口粥，手捏著勺子摩挲，抬起頭說：「爸，對不起啊，我給你惹麻煩了。」

「這和妳有什麼關係，又不是妳做錯了事，惹麻煩的是那些動手打妳的人，妳放心，爸一定會追究到底的。」

雲泥心裡一酸，點點頭沒說話。

三中的學生被校外人員打到住進醫院的事情很快就在學校傳開了，蔣予一早到學校就聽了這事。

抓著曾揚揚的手臂就問：「怎麼了？」

李清潭最近沒來學校，他桌面是空的，曾揚揚先是趴在桌上說，然後又坐下來。

「……反正就是高三那邊有個學生昨天晚上被打了，警察都來了，鬧得還挺大。」

蔣予多問了句：「知道被打的是誰嗎？」

「不清楚，只知道是個女生。」曾揚揚整個早自習都坐在李清潭的位子上，校群裡一直在聊這件事。

早自習下課。

蔣予看了眼校群，全部都是訊息，他隨便翻了翻，看見其中一則。

『高三二班的，叫雲什麼，他們班導師昨天晚上就去醫院了，今天都沒來學校。』

「我靠？！」他驚得一旁睡覺的曾揚揚都被嚇醒了。

「怎麼了？」

蔣予起身往外跑，頭也不回地說：「我去一趟高三那邊，老師點名你就說我去廁所了，馬上就回來了。」

蔣予確定了被打的人是雲泥之後，立刻傳訊息給李清潭。

同一時刻的北京。

李清潭因為要在爺爺生病的情況下，仍要趕回盧城，而被李鐘遠訓斥了一頓。

「你爺爺現在還躺在病床上，是他老人家要我把你接回來的，你現在跟我說你要回去？你回去幹什麼？有什麼事情非要你現在趕回去？！你有沒有一點孝心？啊？」

李清潭對於父親的怒吼像是已經麻木了，他很平靜地重複道：「只是一天的時間，我想爺爺應該不會計較。」

「你——！」李鐘遠氣急，抬手扶著胸口，李明月衝過來扶著他，對李清潭使了個眼色：「你先回去吧，都在這裡守一夜了。」

李清潭沉默著走出病房。

過了一下，李明月從裡面出來，「去吧，忠叔在樓下等你，他會送你去機場，不要耽誤太久，早點回來。」

「謝謝姐。」

「別客氣了，快去吧。」

「嗯。」

雲泥醒了之後，派出所的警察下午又來醫院了解情況，走之前還叮囑道：「妳放心，我們一定會抓住那些人的。這段時間妳就好好休息，要是想起什麼情況，即時通知我們。」

雲泥：「好，麻煩了。」

「不用客氣，都是我們分內的事情。」

警察走出去，房間安靜下來。

雲泥暫時還不能出院，上午方淼送了幾本複習講義過來，走的時候眼淚汪汪的。

她搖頭失笑，又牽扯到嘴角的傷口，皺著眉輕嘶了聲，伸手隨便拿了本講義攤在面前。

暮色來襲，其他床病人下床開了燈，病房亮堂堂的。

雲泥的床位靠近窗戶，對面是門診部大樓，再遠一點的地方是剛開業不久的商場。

她把窗戶開了道小縫，新鮮的空氣竄進來。

門外有人敲門，小孩子跑過去開門，是陌生的臉，李清潭摸摸他的腦袋，視線往裡看。

「學姐。」他喊了聲。

雲泥抬頭。

李清潭動作很輕地把門掩上，邁步往裡面走，越靠近，她身上那些被打的痕跡就越清晰。

他眉頭蹙起，喉結上下滑動著，「妳怎麼樣了？」

「好多了。」雲泥看著他，「你怎麼過來了？不用上課嗎？」

「我最近請假了。」

「嗯？出什麼事了嗎？」雲泥指著旁邊的凳子，「你坐下來吧，我這麼仰著頭和你說話，有點暈。」

他乖乖搬了凳子在床邊坐下，然後才說：「家裡有點事，就請假了。」

「那事情解決了嗎？」

「差不多。」

「哦。」雲泥把講義收起來，「你要喝水嗎？」

「不用，我不渴。」李清潭又看著她：「妳要喝嗎？」

她搖搖頭。

李清潭回頭看了看其他床：「妳一個人在這裡嗎？」

「嗯，我爸回去拿一些日常用品，這個時間應該有點塞車吧，可能要晚一點才會來。」

李清潭點點頭，目光總是不由自主地望向她臉上那些傷痕，心裡像壓著一塊巨石。

他有點喘不過氣，急需一個逃離的藉口：「妳吃晚飯了嗎？」

雲泥：「還沒。」

「我去幫妳買點吃的吧。」李清潭走得很快，雲泥叫了他一聲，他好像沒聽見。

李清潭從醫院出來，步伐很快，不小心撞到人，停下來道了歉，對方仍舊不依不饒。

他正煩著，火氣又大，猛地一回頭，抬手指著人家：「我說了我不是故意的，你再吵，小心我揍你。」

對方被他的語氣和臉色都嚇得不輕，嘀咕著跑遠：「什麼人啊。」

醫院附近很多飯館。

李清潭找了家賣養生湯的，排隊結帳的時候接到了蔣予的電話，『你回來了嗎？』

「嗯。」

收銀員也同時問：「要外帶嗎？」

他說：「外帶。」

蔣予：『你不在醫院啊？』

「在醫院，出來買東西。」李清潭付了錢，拿著收據走到一旁，「事情問的怎麼樣？」

『差不多了吧。』蔣予在電話裡把從叔叔那裡聽來的所有情況重複了一遍，『聽說學姐出事之前還收到一張紙條，提醒她最近注意，你說會不會是學姐之前惹到什麼人了？』

李清潭思考了一下，突然提道：「你有鐘焱的照片嗎？」

『嗯？我怎麼可能有他照片，你找他有事啊？』

「我之前一直沒跟你說，職高那件事，學姐當時也在場。」李清潭說：「如果說她惹到什麼人了，也只可能是職高那邊的人了，我猜測應該是有人看到了她。」

『不會吧？』

「只是猜測，現在能和職高、學姐同時扯上關係的只有鐘焱了，你幫我找一張他的照片，我回去問一下學姐是不是他。」

『好，你等我一下。』蔣予想起什麼，試探性地問道：『嗯……那如果確定是職高的那邊的人，你打算怎麼做啊？』

李清潭垂眸盯著收據上的字，聲音又低又冷：「當然是，雙倍奉還。」

第五章　眼淚

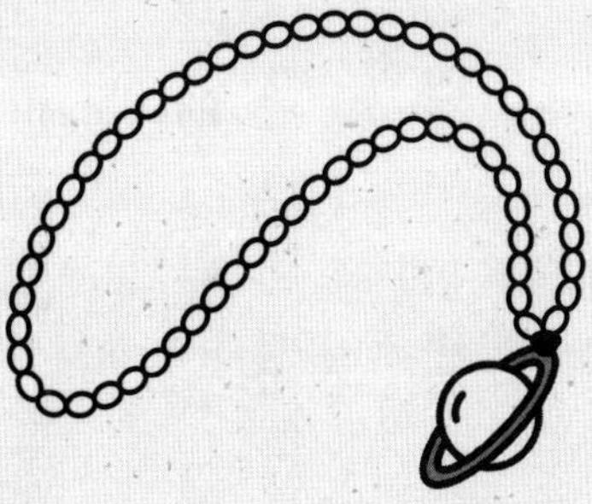

這個時間病房裡不算安靜，電視在放新聞，小孩子吵著要看卡通，被家長訓斥了一頓，哇哇大哭。

雲泥喝著湯，時而看坐在床尾默不作聲的李清潭一眼。

時間久了，漸漸察覺出不對勁。

她放下湯匙，問：「你怎麼了？」

李清潭回過神說沒事，他一直不停在看手機，七點多的時候，蔣予傳來一則訊息。

『鐘焱這人太神了，近期的全臉照一張都沒有，只找到一張他高一入學時的一寸照，你看下行不行。』

李清潭點開那張照片。

男生留著很短的頭髮，眉目微凜，沒什麼神情，皮相好，但面相看著卻並不怎麼善良。

他把手機遞到雲泥面前：「學姐，這個人妳有印象嗎？」

雲泥盯著看了幾秒，搖搖頭：「沒有。」說完，她又問照片裡的人是誰。

李清潭沒隱瞞，一五一十地說了：「鐘焱，就是上次我們在巷子裡碰到的那個被打的男生，還有可能是這次給妳紙條的人，或許還會是救妳的那個人。」

提到這件事，雲泥又看了眼照片，仔細想了想那天晚上碰到的男生，那條巷子裡光線不好，她當時已經處於快要昏迷的狀態，眼前的一切都是虛晃的。

雲泥說：「輪廓有點像，但我也不確定是不是同個人，至於給我紙條的那個人，他跑得太快了，所以也沒有看清楚。」

李清潭點點頭說：「我知道了。」

雲泥腦子轉得很快，心裡生出一個念頭，問道：「你是不是……知道打人的是誰？」

他抬頭看了她一眼，停了停，像是斟酌好了才說：「只是猜測。」

李清潭雖然沒有明說，但雲泥很快就想到了：「是職高的那些人？他們知道是我們報的警，所以這次是報復對嗎？」

她皺著眉，額頭、臉頰、嘴角都是傷痕，青青紫紫的。

李清潭深吸了口氣，別開眼，沉沉地「嗯」了聲。

窗外暮色褪去，夜幕襲來，遠處的高樓閃爍著燈影。

雲泥看著男生不怎麼好看的臉色，溫聲道：「我明天會聯絡負責這件案子的警察，和他說一下這個情況。」

「不用，現在都是猜測，況且鐘焱那個人妳也知道，他什麼都不會和警察說的，更不會出來指證那些人。」

做到現在這樣，已經是他最大的好心了。

蔣予又傳來訊息，李清潭看了眼，說：「這件事我會處理，我等下還有點事，這幾天我不在廬城，妳多注意。」

他起身要走，雲泥幾乎能想到他會用什麼樣的解決方式，一著急，拉住他的手腕。

「李清潭。」她語氣又軟又急：「如果這件事情真的是他們做的，那他們肯定還會來找你，只要我們提前和警察說了這個情況，抓到他們只是遲早的事情，這次就當是我吃虧，你別再去招惹他們了，行嗎？」

他垂著眸，看見她手指上纏著的繃帶，還有手背上的瘀青，心裡湧上一股奇怪的感覺，站在那裡不說話。

沉默的間隙，雲泥意識到動作不妥，手落回去放在被子上，兩個人無聲的對峙著。

良久後，李清潭才開口：「我知道了，我會找鐘焱把這件事情問清楚，妳好好休息。」

這次雲泥沒攔他，可心裡總有不安。

蔣予托朋友問到了鐘焱現在的位置，傳給李清潭的同時自己也在往那個地方趕。

兩個人一前一後到了目的地。

那是一家地下拳擊俱樂部，說正規也正規，說不正規也有不正規的地方，但沒人在意這些細節。

入口在一個不起眼的巷子裡，來往的人員魚龍混雜。

李清潭和蔣予一開始因為身分證上顯示未成年被攔在門外，花了一千塊買了兩張莫須有的入場券。

鐘焱今晚有比賽。

李清潭他們進去時，滿場都在呼喊著鐘焱的名字，他們站在角落的位置，看著臺上揮汗如雨的兩人。

比起兩年前一寸照裡的冷漠和英俊，如今的鐘焱在臺上赤身搏鬥的模樣又多了些野性。

蔣予在壓不住的歡呼聲裡湊到李清潭耳邊：「鐘焱這人也算是挺不容易的，他爸是殺人犯，他媽在他爸判了死刑沒多久就跟別人跑了，他媽走的那一年，他才四歲，被奶奶扶養長大，從小就在這片混，打架對他來說已經算是家常便飯了。上次聽說好像是比賽受了傷，才被職高那幾個人抓住機會揍了一頓。」

李清潭雙手環胸，視線落在臺上。

男生揮拳收拳都不是很專業，但架不住招式野和年少氣盛，對手節節敗退，很快便落了下風。

鐘焱不出意外地贏了這場比賽。

蔣予也忍不住振臂歡呼了聲：「靠，這哥們真行。」

李清潭沒發表意見，目光緊隨著他挪動，見男生掀開簾子進了後臺。他伸手拉住現場的工作人員，塞幾張鈔票給對方，便被帶過去了。

鐘焱好像對他們的到來並不意外。

他剛剛打完一場比賽，身上還帶著熱意和血腥氣，上身赤著，脖子上搭著條毛巾，腰腹緊實，肌肉線條極漂亮。

和李清潭對視了幾秒，他淡淡開口：「找我有事？」

李清潭：「是有兩件事想問問你。」

鐘焱撈起T恤套在身上，也不想廢話：「動手的是職高的人，我已經提醒過她了，現在我再提醒你一次。」

「行。」李清潭也不想和他多說，轉身要走。

鐘焱卻開口道：「下次不要再多管閒事了。」他傾身拿桌上的菸和打火機，手臂支在膝蓋上，微弓著背，指間夾著根未燃的菸，抬眸對上李清潭的視線：「不要把你們所謂的好學生的正義感浪費在這種無用的事情上，給自己找麻煩別人也麻煩。」

話音落，蔣予只看見眼前一道身影閃過去。

下一秒，他就看見李清潭揪住鐘焱的衣領，俯身湊在他眼前，少有的爆了粗口：「如果再給我一次機會，我他媽絕對不會再管你的破事。」

鐘焱無所謂的聳了聳肩。

蔣予想著還在別人的場子，多一事不如少一事，衝過去拉著李清潭：「算了算了，知道是誰幹的就行了，走吧。」

李清潭放開手，鐘焱往後倒了下，神情淡漠。李清潭一腳踢開旁邊的破凳子，轉身離開。

走出拳擊館，遠離了裡面的熱潮，冷風瑟瑟，蔣予忍不住縮了縮脖子，「現在打算怎麼辦？」

李清潭這時冷靜下來，淡聲說：「等他們自己找上門來。」

「……」蔣予想著也沒其他法子了：「行吧，那你現在怎麼辦？還要回北京嗎？」

「回。」李清潭停下腳步：「這幾天我不在，學姐那邊你幫我盯著點，至於其他的，等我回來再說。」

「沒問題。」蔣予呼了口氣。

李清潭連夜回了北京。

雲泥第二天早上醒來之後，看到他在凌晨兩點傳來的訊息。

『學姐，我回家了。職高的事情妳先別往外說，他們敢動手肯定是做好了萬全之策，如果現在告訴警方只會打草驚蛇。妳放心，這件事我會處理好的，我不會胡來。』

她放下手機，雲連飛從外面進來，見她愁眉苦臉的樣子，關心道：「怎麼了？出什麼事了？」

「沒、沒事，我就是在想什麼時候能出院。」

「快了，我早上問了醫生，今天再去做一遍全身檢查，沒什麼大問題，明天就能出院。」

雲泥鬆了口氣：「那就好。」

下午方淼過來看望雲泥，一人抓著張卷子看得入神，快到傍晚，她才說要走，「那我先走了，明天妳出院我再來接妳。」

雲泥笑笑：「好。」

方淼收拾了書本從病房出去，走到醫院門口，一不留神撞到了人，對方拎在手裡的果籃掉在地上。

她一邊道歉一邊撿起來遞給對方，「不好意思啊，這個蘋果好像爛了，你看看還能不能用，如果需要賠償，我可以賠。」

「不用。」男生接過去，聲音冷淡。

方淼看著對方走遠的身影，也沒太在意，但等到第二天，她來接雲泥出院，卻在病房見到那個有些熟悉的果籃時。

她愣住了。

方淼走過去仔細看了一遍，在邊角看到那個被摔壞的蘋果。隔了一夜，爛掉的地方色澤已經有些暗沉。

雲泥收拾好東西，扭頭見方淼盯著果籃出神，問道：「怎麼了？」

「這個果籃是妳朋友送妳的？」

「不是，昨天有人放在護理站轉交給我的，我也不知道是誰給的，所以就沒拆。」

方淼說：「我好像知道。」

「嗯？」

她說：「我昨天在醫院門口撞到一個男生，他就拎著這個果籃，我當時還說這個蘋果摔壞了，要不要重新賠給他一個，他說不用，然後就走了。」

雲泥也愣住了，一時片刻也沒想到會是誰。

「會不會是學校暗戀妳的人？」方淼笑：「那個男生長得還挺好看的哦。」

「……」

出院這事折騰了一個上午，方淼送雲泥到家，雲連飛留她在家裡吃了午飯，晚上，雲泥和雲連飛商量明天回學校的事情。

雲連飛不同意：「妳才剛出院，還是在家裡多休息吧，正好我的假還有幾天。」

雲泥只好又在家裡待了一個星期。

雲連飛是十二月的第一天回去杭州，他的工作不太好請假，這段時間缺的班都是靠工友頂著。

雲泥送他到公車站，他又叮囑了幾句，最後說：「等過完這個年，爸就不出去了。」

她看著父親花白的頭髮，鼻子一酸，輕「嗯」了聲。

公車開走了，雲泥深吸了口氣，轉身往社區走。

過完週末，雲泥重新回歸校園，雖然她被打的事情已經在學校傳開了，但也許是劉毅海之前交代過什麼，再加上她本身和班裡其他人不算太熟，所以大家也沒問什麼。

派出所仍在追查這件事，李清潭回家之後一點消息都沒有，但雲泥這幾天放學坐公車回家，都會碰見那個經常和他走在一起的叫蔣予的男生。

他也不湊過來說話，通常上了車都是坐在最後一排，一直到她下車，也沒動過。

相安無事過了幾天。

週五這天體育課，雲泥因為身上有傷，不用跟著跑步，站在跑道旁看著操場上的人來人往。

身旁有腳步聲停下，她抬頭，微微怔了下。

「學姐。」李清潭站在暮色裡，昏黃溫柔的光芒攏著少年修長而挺拔的身影。他唇角彎了彎，很輕地笑了下：「我回來了。」

雲泥快十幾天沒見到李清潭，現在突然見到，還有些沒回過神，等到反應過來，又發現他好像瘦了一點。

她有些驚訝，不知道自己怎麼會注意到這麼小細節的事情，無意識摳了摳手指，故作鎮定地「哦」了聲。

李清潭沒注意到她的不對，「這幾天還好嗎？」

「挺好的。」雲泥想起每天晚上跟自己搭同一趟公車的蔣予，想問問是不是他安排的，但又怕自作多情，想了想，還是沒有提這件事。

「職高的事情妳沒有和警察說吧？」

「沒。」雲泥偏頭看他：「你打算怎麼解決這件事？」

李清潭笑了下：「等解決了再和妳說。」

「……」

兩個人沒有聊太久，雲泥她們班的同學跑完八百公尺，三三兩兩倒在草坪上。李清潭那邊也在叫他回去集合。

他應了聲，轉過來和雲泥說：「那我先回去了。」

她點點頭，什麼也沒說。

體育課結束，雲泥和方淼從籃球場路過，李清潭側身對著出口，坐在球場角落的凳子上。

他仰頭喝水，喉結凸出，脖頸連著下頜的線條俐落流暢。

有兩個女生推搡著走到他身旁的空位坐下，他像是受到什麼驚嚇，倏地站起來。

動作和神態都有些突然。

雲泥沒忍住低下頭笑了聲，方淼嘀咕著：「笑什麼？」

她笑意收斂了幾分，不再看向那處，搖搖頭說：「沒事。」

雲泥和方淼去校外吃了晚飯。

回來的路上，她順路去了打工的燒烤店，這陣子她受傷，家教和這裡的工作都停了。現在她傷到了手臂，一時之間也好不了，燒烤店的打工肯定是做不下去了，加上雲連飛知道她晚上在打工的事情，也不是很贊成，所以雲泥決定今天過來辭職。

傍晚店裡人不是很多，老闆娘一聽她要辭職，雖然有抱怨，但該給的薪水還是都給了。雲泥也覺得抱歉，想著不然就扣一點薪水。

老闆娘說：「算了算了，妳都傷成這樣了，我也不可能扣妳的錢，以後多注意點吧。」

「謝謝楊姨。」

老闆娘揮揮手：「好了早點回去吧，我要忙了。」

從店裡出來，等在路邊的方淼跺著腳跑過來，「怎麼樣，拿到錢了嗎？」

「拿到了。」雲泥輕嘆了口氣：「老闆娘人挺好的，沒扣我錢也沒說什麼。」

「那就好。」她習慣性地去挽雲泥的左手臂，剛碰到就聽見雲泥輕「嘶」了聲。

她叫著：「哎呀，我忘了妳手臂受傷了，沒事吧？」

雲泥緩了口氣：「沒事，走吧。」

方淼怕再碰到她，繞到右邊，「妳現在一個人在家可以嗎？不行的話，我晚上住到妳那裡去吧。」

雲泥笑：「不用了，我自己可以的。」

兩個人說說笑笑往回走，過馬路時，方淼無意間在人群裡看見一個男生，穿著四中的校服，臉頰和嘴角上都帶著傷。

她剛要指給雲泥看，一轉頭那道身影卻不見了。

雲泥疑惑道：「怎麼了？」

「我剛好像看見送水果給妳的那個男生了。」方淼皺著眉：「就一轉眼的時間，人就不見了。」

「嗯？」聽她這麼說，雲泥也回頭在人群裡看了眼。

方淼收回視線：「不過問題不大，我看到他穿著四中的校服，他那張臉在四中不可能沒姓名，我回頭找朋友問問。」

「好。」

二班晚上有英語小考，三節自習課都在寫試卷，雲泥在不幸中又感到慶幸自己傷的是左手臂。

下了課，方淼幫她收拾好書包，「走吧。」

學校出了學生被打的事情，方淼家裡安排了司機每天接送她，但她家和雲泥家是兩個方向。

之前她提過一次送她回家，被雲泥拒絕了。

兩個人走到學校門口，雲泥往公車站的方向走，之前的幾個晚上，她到公車站時，蔣予都已經站在那裡等車了，但今晚他沒來。

冬夜的天要比其他季節黑得還深一些，李清潭一身黑衣黑褲站在月臺邊緣，右手插在長褲口袋裡，另一隻手露在外面，指尖被冷得發紅。

他正低著頭看手機，修長的脖頸間空蕩蕩的，讓人看著就覺得發冷。

也許是他餘光注意到了什麼，雲泥還沒走近，他就抬頭往她的方向看過來，手機跟著放回了口袋裡。

「學姐。」他說話時，嘴邊有熱氣呼出。

雲泥應了聲，往前走了幾步，站在他剛剛站著的位置，想問些什麼，也不知道怎麼問。

等到車來了，李清潭跟著她上了車。

這個時間車上的人不是很多，雲泥和他坐在第二排的位置，窗外街景一閃而過，車輪捲起路邊的枯葉。

她拿下手套和圍巾放在腿上，摳了一下手指，才問：「那個蔣予，是不是你讓他來的？」

李清潭沒否認：「我擔心職高的人還會來找妳麻煩，畢竟上次她們打——」說到打這個字時，他語氣沉了幾分，「打妳的時候，鐘焱出面救了妳，他們那些人，惹上了就是麻煩。」

自從雲泥出事之後，李清潭沒有一刻不後悔那天管了鐘焱的破事。

如果那天，他走快一點趕在她之前走到學校門口，如果他早點看到她傳的訊息。

但世間倘若真的有那麼多如果，又怎麼還會有那些無法釋懷的悔恨和耿耿於懷的憾事。

雲泥說：「那你幫我謝謝他。」

李清潭又笑了，他那張臉一笑起來，真有種世間萬物都遜色的漂亮，「我叫他來的，妳怎麼不謝謝我？學姐妳也太厚此薄彼了吧。」

雲泥張了張嘴，好吧，「也謝謝你。」她這麼說。

李清潭不輕不重地哼了聲，轉過頭不看她，好像這個時候雲泥才感覺到他有屬於這個年紀的可愛和幼稚。

她也不說話，扭頭看向窗外，唇邊掛著一抹淡淡的笑意。

公車停了又走，在第三次停下時，雲泥和李清潭一前一後下了車，臨近十二點，社區門口人煙寥寥。

雲泥問李清潭怎麼回去。

他兩隻手都放在外套口袋裡，下巴隱沒在束起的衣領裡，眉眼鋒利分明，「我等一下攔個車吧。」

「你住在哪裡？」

李清潭剛想說自己的住處，但轉念一想，又說：「我住在蔣予那裡，就在三中附近。」

「那你回去注意安全。」雲泥想了下：「我現在晚上也不做打工了，下了課我就回家，應該不會再出什麼問題了。」

這句話的言下之意是，以後你就不用再送了。

她怕李清潭多想，解釋道：「我就是覺得你這樣來回跑，有點麻煩，還耽誤你的時間。」

「不耽誤。」

「啊？」

「不耽誤時間。」李清潭說：「等過陣子吧，起碼要等到事情解決了，我才能放心。」

雲泥心裡一暖，但又莫名覺得氣氛奇怪，抬手撓了撓臉，乾巴巴道：「那……那你回去注意安全。」

「知道了，妳快進去吧。」

「嗯。」

李清潭看著雲泥進了社區，才轉身在路邊攔了輛計程車。上車之後，他傳了則訊息給蔣予。

『我最近搬來和你一起住。』

蔣予很快回了訊息。

『怎麼？這是學姐在那裡受挫了，想來我這裡找安慰？』

『……』

『來吧來吧，被窩都幫你暖好了（陰險臉.jpg）。』

『我睡沙發，謝謝（微笑.jpg）。』

雲泥回到家裡，簡單洗漱了下，坐在桌邊算今天拿到的薪水，算著算著，她總是分神想到別的事情。

幾分鐘就能算清的事情，她愣是花了半個小時才弄好。

明天是週六，她之前因為受傷缺了兩週的家教課，程雲華從楊芸那裡知道她出事，人不在廬城，但託楊芸買了些補品。

雲泥白天和程雲華講過電話，這個週六可以過來幫宋枝補課。

程雲華關心了幾句，說是補課的事情不著急，但雲泥想著馬上就要到期末了，還是堅持要過去。

這時，雲泥算完帳，拿出之前幫宋枝補課的筆記本，找到上次補課的進度，開始安排明天的內容。

她寫了一下，準備去倒水時，手機收到一則訊息。

是李清潭傳來的。

『學姐晚安。』

雲泥盯著看了一下，也回了一句晚安，但回完訊息，她卻怎麼也寫不下去東西了。

胡亂畫了幾筆，她起身關燈睡覺。

第二天早上，雲泥少見的睡過頭了，陽光都曬進屋裡了，人才剛醒，迷迷糊糊起來洗臉刷牙。

一看時間，十點半，屬於吃早餐太遲、吃午餐又太早的時間。

她看了一下書，等到十一點多才出門在社區門口吃了碗麵，然後走去公車站坐車去宋家。

程雲華和丈夫都在外地出差，家裡只有兩兄妹在家。

宋枝上週才結束週考，雲泥在她做題目時，也順便幫她看了眼週考的卷子。

屋裡靜悄悄地，只有筆尖劃過紙頁的「嘩嘩」聲音。

外面的開門聲和說話聲都很清晰的傳了進來，宋枝停下筆，「好像是清潭哥來了，我出去看看。」

雲泥頭也不抬地說：「妳去。」

門開了，宋枝只隨手掩了下，留了道不小的縫隙，雲泥聽見宋枝叫他「清潭哥」，聽見他「嗯」了聲。

她握著筆，視線落在卷子上，文字和數字穿插在一起，卻怎麼也拼湊不出其中的意思。

過了一下，房間門被敲響。

雲泥回頭，李清潭站在門口，穿著單薄的白色T恤和灰色的束口運動褲，T恤的領口有些大，露出半邊鎖骨。

他還是那副懶散的模樣，叫她：「學姐。」

雲泥應了聲，宋枝上完廁所回來，從他旁邊擠進來，作勢要關門：「你出去，別打擾我們念書。」

李清潭收回視線，屈指在她腦門上彈了下：「小屁孩。」

門一關，外面的聲音又小了幾分。

雲泥低頭輕嘆了口氣，收起那些亂七八糟的心思，專心投入到接下來的輔導裡。

她之前缺了幾節課，今天特意延長一個小時，幫宋枝訂正完一張數學卷子才說要走。

冬天天黑得早，才六點出頭，外面已經亮燈了。

雲泥從房間出去時，李清潭和宋堯正坐在客廳看籃球賽，他聽見開門的聲音，抬頭看過來，「結束了？」

「嗯。」

他說：「我點了外送，吃了晚飯再走吧。」

她下意識想拒絕：「不用了。」

「我點了四人份的。」李清潭拿起手機看了眼：「還有幾分鐘就到了，妳要是有事可以帶著路上吃。」

話都說到這個份上了，雲泥也不好再拒絕，「那謝謝了。」

他笑了笑：「沒事。」

屋裡宋枝聽到聲音，跑出來找雲泥幫忙再看一張物理卷子，「週一老師要找人上黑板解，姐姐幫幫我吧。」

「好。」

才寫了一道題，李清潭過來敲門說吃飯了，雲泥停下筆，「先吃飯吧，晚點我再教妳。」

這理由聽著有點耳熟，雲泥沒多想，又跟著她進了屋。

宋堯已經把外送都拆開擺在桌上，又從廚房拿了四個乾淨的碗，四個人在桌邊坐下。

雲泥其實沒什麼胃口，吃得很慢。

桌上都是宋堯和宋枝在拌嘴，李清潭只是偶爾接兩句，目光往她那裡偏了偏，見她不怎麼動筷子，把一碗雞湯放到她面前。

雲泥抬起頭，他卻沒再看過來。

一頓飯吃了半個多小時，李清潭和宋堯收拾桌子，宋枝把卷子拿到客廳，邊看電視邊寫。

快八點，雲泥才從宋家出來。

李清潭順路下來扔垃圾，卻一直送她到公車站，臨走前叮囑道：「到家了傳訊息給我。」

雲泥點點頭。

他又從口袋裡摸出一盒牛奶遞過去，「晚上看妳沒怎麼吃，拿著路上喝吧。」

「謝謝。」雲泥接過去，牛奶先前一直捂在口袋裡，還帶著些溫度，指尖不經意劃到他的手指。

她眼皮倏地一跳，不自然地挪開視線，「那我先走了。」

「好。」李清潭好似什麼也沒察覺，收回手放進口袋裡，等她的車開走了，才轉身離開。

回去的路上，李清潭接到一個電話，聽完對方的話，他沒什麼太大的反應，只淡淡說：「那就讓他們來。」

過完週末，因為即將到來的四校聯考，高三二班甚至是整個年級的念書氣氛都比之前緊張很多。

下課很少有人走動，倒水上廁所都是悄無聲息的。

下午兩節連堂的數學課結束，雲泥趴在桌上補覺，半夢半醒間，聽見放在抽屜裡的手機震動了兩下。

她實在是睏得沒什麼精神，睡到上課才醒，中途想起手機的事情，趁著老師沒注意拿出來看了眼。

李清潭：『學姐。』

李清潭：『今晚放學我們從北門走。』

三中坐北朝南，南邊大門正對馬路和四中，北門稍遠，除了住在後面社區裡的學生和老師，平常大多數學生還是走南門。

雲泥正想著問一句怎麼了，英語老師注意到這裡，她匆匆回了個好，又把手機丟進抽屜裡，提筆開始寫題目。

這幾天放學，李清潭都和往常一樣，坐公車送她到社區門口，然後再折回學校這邊。

雲泥和他商量著，不用每天都送，李清潭嘴上答應著，等到晚上還是照樣等在公車站。

後來她就不怎麼說了，偶爾問他職高的人有沒有找他麻煩，或者他打算怎麼解決這件事，他總是顧左右而言他。

時間久了，雲泥也就不問了，想著他總歸不會胡來。

臨近放學，雲泥被劉毅海叫過去。

劉毅海：「派出所那邊今天打了電話給我，欺負妳的那幾個女生暫時還沒有什麼線索，妳最近上下學路上還是要多注意。」

「好，我知道了。」

劉毅海又叮囑了幾句，「好了，早點回去吧。」

「謝謝劉老師。」

「去吧。」

雲泥從教室出來時，高三的教學大樓還沒空，有好幾個教室都還坐著一半的人，她記著李清潭的話，背朝人流，往北門的方向去，卻在半路上遇見他。

他步伐很快，一邊走一邊低頭看手機。

「李清潭。」雲泥叫住他，同一時刻，口袋裡的手機嗡嗡震動起來，她拿出來一看。來電顯示是他的名字。

雲泥反應過來，見人影走近，主動解釋道：「老師找我說了一下話，耽誤了點時間。」

他悶悶「哦」了聲。

「下次我會提前跟你說。」她攏了攏領口，語氣不由自主地帶了些哄著他的意思：「我們今天怎麼從北門走？不坐車了嗎？」

「嗯。」他又只蹦出一個字。跟個小孩似的。

雲泥低頭笑了下。

等走出校門，李清潭徑直走到路旁，雲泥跟過去，看著他從一輛黑色機車的車把上拿了一個同色系的安全帽。

她才站定，他一回頭便把安全帽戴到她腦袋上，垂著眸幫她調整束帶的鬆緊。

少年低著眼，長睫壓下來，遮住眼裡的情緒，手指無意間碰到她的下巴，冰涼涼的。

她瑟縮了下。

李清潭抬眸問：「緊了？」

「沒。」雲泥不動聲色地輕吸了口氣。

他笑了下，抬手撥下她安全帽前面的護目鏡，轉身長腿一跨坐在機車上，單腿點著地，「走吧。」

雲泥坐上去，腿放好了，手卻不知道該往哪裡放。

李清潭頭上什麼都沒戴，頭也不回地說：「抓著衣服，不然妳掉下去我可不管。」

「……」

雲泥揪住他外套，悶聲說：「好了。」

她在車子「嗡嗡」的引擎聲裡，隱約聽見他好像又笑了。

李清潭騎得不算快，但還是比等公車節省時間，雲泥從車上下來，摘下安全帽，看著他被吹亂的頭髮和凍紅的耳朵，把安全帽遞了過去。

他卻沒戴，掛到車手把上，任由冷風肆虐。

接下來幾天，李清潭都是騎車送雲泥回家，但從第二天開始，不知道他從哪裡又找了一個安全帽。

耶誕節前的最後一個週六，盧城降下初雪，雲泥照舊去幫宋枝補課，無意間聽她提起李清潭快要過生日了。

她忍不住問了句：「他……什麼時候過生日？」

宋枝說：「就是平安夜那天，不過清潭哥好像不怎麼過生日，去年他也只是來家裡吃了碗我媽媽煮的長壽麵，連午飯都沒吃就走了，不知道今年他怎麼安排。」

「這樣嗎。」雲泥垂著眸，不知道在想些什麼。

隔天，方淼約雲泥出來逛街，路過一家精品店，方淼進去買東西，雲泥在旁邊隨便看了眼。

一旁的貨架上擺著一套黑色的三件套，圍脖、手套和帽子。

她盯著看了一下，方淼都結完帳了，扭頭見人沒跟上來，又跑進去：「怎麼了？」

雲泥回過神說：「沒什麼。」

那天逛完街已經是傍晚，她和方淼去巷子裡吃了麻辣燙，吃完去公車站，方淼的車先到站。

她坐上車，開了窗戶說：「我先走了，明天見。」

雲泥站在外面，笑說：「明天見。」

等車開走了，她看著自己要坐的那班車緩緩停在眼前，卻沒有動作，片刻後，她拔腿跑回了之前逛過的精品店。

那三件套還放在原來的位置。

雲泥緩了口氣，伸手拿下來。

結帳時，收銀員笑問：「是送男朋友嗎？我們這款還送包裝盒，可以幫妳包裝一下哦。」

她臉一熱，否認道：「不是，給我個袋子就好了。」

從店裡出來，雲泥站在人來人往的街角，回想著店員的話，總感覺手裡好像拎了燙手山芋。

她揉揉臉，長呼了口氣。

就當是感謝他這段時間的照顧吧。

平安夜這天是週一，新年將近，學校以之前發生的一些事情在升旗儀式上開了次大會，著重提到了上學和放學路上的安全問題，還有和校外人員來往的事情。

大會開了挺長時間，第二節課都上了一半才散會，雲泥和方淼夾在擁擠的人流裡。

從操場出來，突然有人扯了扯她的外套帽子。

雲泥回頭。

李清潭難得穿了件冬天的衣服，敞著懷，裡面仍是單一件。他和她並排走著，低著聲說：「我今晚有點事。」

雲泥記得今天是他的生日，猜測他可能有聚會，沒多想，說：「沒事，我自己坐公車回去就行。」

他扭頭看過來，停了停，想了想，還是什麼也沒提：「那妳到家傳訊息給我。」

「好。」

雲泥看著他走遠，直到被方淼挽住手臂才回過神，「小學弟又找妳說什麼了？」

「他今晚有事，不能送我回去。」

方淼「嘖」了聲：「今天可是平安夜哦，他能有什麼事，該不會是和小學妹約會吧？」

雲泥愣神：「應該不會。」

「這可說不準，要不然怎麼之前都沒事，偏偏這種節日有事了。」方淼越想約離譜：「他總不能是吃著碗裡還瞧著鍋裡呢？」

「……」雲泥啞然失笑：「不是，他今天過生日，應該是有聚會吧。」

「那怎麼不叫妳？」

「叫我做什麼，我和他朋友又不熟。」

方淼：「那他就是不想把妳介紹給他朋友認識。」

雲泥差點被她繞進去，想了想才說：「妳別亂想了，我和他就只是朋友而已。」

方淼哼了一聲，顯然不信。

雲泥沒轍，也不想再說這個，無奈道：「好啦，走了，快上課了。」

一天很快過去，可能是節日氣氛烘托，班上也跟著熱鬧起來。

晚自習，班裡鬧哄哄的在放電影，雲泥摸到放在書包裡的紙袋，在昏暗的光影裡，輕輕嘆了聲氣。

也許是最近習慣了兩個人，突然一個人等車、一個人坐車、一個人回家，她還莫名有些不習慣。

明明在這之前，她已經一個人過了那麼多年，現在不過短短數日，卻已然有了不同。

雲泥不由得驚嘆，習慣真是一件可怕的事情。

想到這，她又想起早上李清潭臨走前的叮囑，摸出手機傳了則報平安的訊息給他。

他回了個好。

雲泥放下手機，沒再胡思亂想。

窗外已是隆冬，先前一場初雪將城市的灰撲撲掩蓋，但不過幾日，便只剩下街頭巷尾的一點白。

寫完已是深夜，雲泥弄了個熱水袋丟在被窩裡，躺下時看了眼時間，還有幾分鐘到十二點。

她握著手機，反覆鎖螢幕又解鎖，終於在十一點將至的最後三十秒，點開最上方的聊天視窗，傳了則訊息過去。

『生日快樂。』

這好像是一條石沉大海的訊息，沒有任何回覆。

雲泥關掉手機放回桌子上，房間裡悄然沒了燈光，只剩下窗外朦朧路燈，天空好似又在飄雪，冷風呼嘯。

她在睡著前想起那份沒有送出去的禮物，眼皮顫了顫，終究還是闔上了。

這一覺睡得也不安穩，風好像從窗縫裡鑽進來了，呼呼作響的聲音宛若哭泣聲，帶著些驚悚之意。

她被惡夢纏身，被看不見的黑影追逐著逼到萬丈懸崖邊，萬念俱滅之下縱身一躍。

那一瞬間的心驚膽戰，讓她從夢裡陡然驚醒。

屋外冷風依舊呼嘯低鳴，雲泥抹了抹臉，抬手開了床頭的壁燈，看了眼時間，才剛凌晨四點。

夢裡讓人恐懼的一切好似還歷歷在目，她弓著身，腦袋輕輕磕在膝蓋上，手心裡出了一層汗。

手機突然響起，打破片刻的安靜。

凌晨、午夜的來電總是帶了些不好的暗示，雲泥伸手拿起手機，看見是之前認識的警察的號碼。

她接通。

對方在電話裡說疑似抓到了上次襲擊她的那夥人，想讓她來一趟派出所，他們的人已經在去接她的路上。

結束通話，雲泥沒停頓，立刻起身下床換衣服洗漱，匆忙之間，她想起那則沒有回覆的訊息，心頭湧上一層不安。

派出所的車很快到了社區門口，來接她的還是上次處理案件的那兩位警察，雲泥坐進車裡。

警衛室值班的大爺探頭出來看了一眼。

警笛聲穿透凌晨的夜空。

車裡。

上次陪著雲泥去急診部的女警小齊問道：「妳認不認識李清潭？」

雲泥愣了下，點頭說：「認識。」

「他今晚在西寧路那邊被幾個職高的學生和社會人士襲擊了。」小齊看著她：「他說那些人是惡意報復，因為你們之前在學校門口見義勇為，害那些人進了派出所，有這回事嗎？」

「……是。」雲泥想問李清潭的情況，但小齊沒給她機會。

「妳之前怎麼沒有跟我們說這個事情？」

「我以為他們不知道是我報的警。」雲泥覺得嗓子有點乾，嚥了嚥才說：「而且事情已經過了很久，我沒有想到會是他們回來報復。」

小齊沒再糾結這個，溫聲說：「今晚被抓的那一夥人有幾個女生，有兩個和妳之前提供給我們的畫像有六成相似，我們現在先帶妳過去指證。」

「好。」雲泥，抿了下唇角，又問：「那李清潭他怎麼樣了？」

「他受了點輕傷，現在在派出所錄口供。」小齊說：「他之前應該學過防身術，對方沒討到什麼好處，還被他打得不輕，而且事發的時候正好有幾個年輕人路過，所以情況不是很嚴重。」

雲泥點點頭，腦袋裡一團亂麻。

西寧路派出所離得較遠，好在凌晨路上沒什麼車，只開了半個小時左右就到了。

一下車，雲泥就被帶過去指證嫌疑人。

隔著一層單向玻璃，她一眼看見那個站在角落的女生，抬手指了下，說：「四號。」

關燈，開燈，換了第二輪。

她又指：「三號。」

反覆幾次，警方已經基本可以確定那兩個女生就是之前惡意襲擊案裡的嫌疑人之一。

雲泥被小齊帶出房間，坐在走廊盡頭的長椅上。

小齊拍拍她的肩膀，輕聲安慰道：「沒事了，我們會盡快抓住剩下的那幾個人。」

她點點頭：「謝謝。」

小齊笑笑：「妳先坐一下，我去幫妳倒杯水。」

她起身往大廳走，雲泥坐在那裡沒動，旁邊兩個辦公室的門開了又關，關了又開。

過了一下，有人從裡面出來。

雲泥抬起頭，看見李清潭站在一個青年男人身後，他還沒看見她，皺著眉聽青年男人和警察溝通。

目光無意間往旁邊一瞥，他看見了坐在那裡的女生。

雲泥也看見了他右邊額頭上貼著的紗布和有些青腫的嘴角，如果說他那張臉漂亮得猶如一塊上好的美玉，那現在，這塊美玉就好像被人打碎了，是有了瑕疵的漂亮。

李清潭沒打擾何楚文的談話，走到她面前，低垂著腦袋，還是以前那副乖乖的模樣，輕輕喊了聲：「學姐。」

雲泥從來沒有這種感受，心裡像是被人掐了一下，又酸又疼，眼淚在眼眶裡打轉。

她低頭，眼淚落下來，滴在手背上。

雲泥覺得自己的眼淚真奇怪，疼的時候能忍住，累的時候能忍住，可偏偏這個時候，怎麼忍都忍不住。

李清潭半蹲在她面前，看她哭紅的眼睛，喉結上下滑動著，安慰的話卡在嘴邊。

他抹掉她手上的淚水，扯了扯唇，露出一個配上那張有瑕疵的臉卻依舊好看的笑：「以後，我會一直保護妳的。」

第六章　跨年

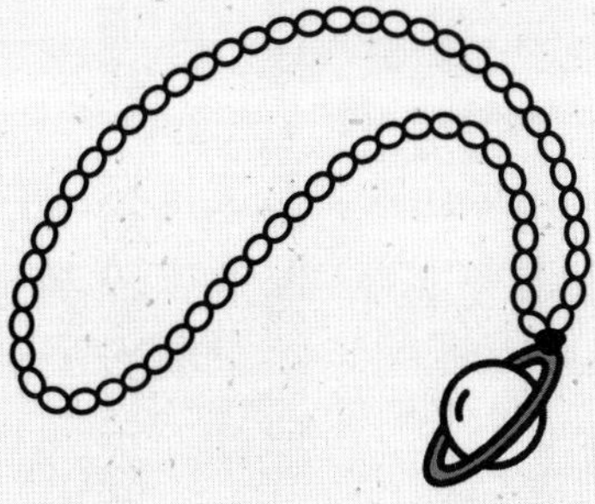

李清潭早在半個月前就收到了消息，說吳征最近找人跟著他，想找個機會揍他一頓。

他索性將計就計，表面上按兵不動裝作什麼都不知道，實際上已經和蔣予商量好了對策。

蔣予查到吳征他們平常喜歡來西寧路這家KTV玩，他便提前一個星期放消息出去，說是平安夜那天要在那裡辦生日宴，為的就是把吳征引出來。

凌晨兩點。

李清潭結束聚會，和蔣予送走最後一批朋友，站在街角抽菸。

冬夜冷風蕭瑟，青白的煙霧順著風盤旋而上，暈出層層形狀，最後又散於風裡。

這片地方白日裡看起來就是一片老破街區，低矮連綿的樓，灰白的牆，貼滿廣告的電線桿，來往的人都不曾停留。但等到了夜晚，霓虹的光芒堆疊著，燈紅酒綠的繁華宛若一座不夜城。

蔣予吐完最後一口煙，將菸頭掐滅，側身丟進一旁的垃圾桶裡，原地跺了兩下腳，說：「那我先走了？」

李清潭也跟著掐滅了菸，菸頭無意間燙到指腹，他用食指撚了下被燙到的地方，點頭說：「好。」

「那你……？」蔣予意有所指：「一個人行嗎？」

他「嗯」了聲。

蔣予裝作不經意往四周看了眼，又收回視線看著他：「那我走了。」說完，他很快靠過來，壓低了聲音：「隨時保持聯絡。」

李清潭點點頭，拍了下他肩膀：「走吧。」

路邊都是等著載客的計程車，蔣予隨便坐進一輛，降下車窗，晃了晃手機，「等你訊息。」

「知道了。」

李清潭站在路邊看著計程車的尾燈消失在街角，扭頭看了看附近，最後邁步朝著馬路對面的一條巷子走去。

那是條廢巷，直徑距離不超過五百公尺，往裡走到深處，左右都不通，要想出去只能原地返回。

李清潭走進去沒多久，就聽見身後有交疊且快速的腳步聲靠近，但他仍繼續往裡面走，恍若未聞。

很快，巷子走到盡頭，堵在面前的是一道高牆，上面爬滿了藤蔓荊棘，角落垃圾成堆。

身後的腳步聲也跟著停下來。

李清潭轉過身，眼前站著十幾個人，有男有女，巷子口的光亮遠遠照不到這裡。

他輕挑著眉，藉著昏暗的光影看著他們，語氣淡淡的：「有事？」

「不然呢。」為首的男生聳了聳肩，往前走近了兩步，樣貌逐漸清晰，是一張不算難看的臉，顴骨上還有未褪的瘀青，身上帶著刺鼻的酒味和菸味。

「李、清、潭。」他一字一句：「是你嗎？」

李清潭斂眸看著他沒有說話，手在口袋裡摸到手機，快速按了五次電源鍵，撥出一通電話。而後，他冷不丁笑了下，在所有人都還沒反應過來之前，倏地抬腿狠踹了一腳過去。

男生沒有防備，往後退了幾步沒站穩，直接倒在垃圾堆裡，嘴裡咒罵著：「你他媽！」

其他人很快圍了上來，剩下四個女生抱著手臂站在一旁，有說有笑地看著單槍匹馬的李清潭。

既驚豔於他的好皮囊，又惋惜他接下來即將要遭遇的一切。

吳征從地上站起來，接過同伴遞來的指虎套在手上，語氣輕蔑：「你他媽不是喜歡多管閒事嗎？我今天就讓你知道多管閒事的下場是什麼。」

他使了個眼色，其他幾個男生抄著棍子圍過來。

李清潭收緊了衣領，冷眼看著眼前幾人，心裡不僅沒有恐懼和慌張，反而還因為事情即將可以得到解決而長鬆了一口氣。

冷風從四面八方湧過來，雪花飄落在地上，很快又被混亂的腳印所掩蓋。

李清潭之前學過自由搏擊，應付這幾個不算什麼難事，但對方帶了武器，免不了會磕碰到。

他額角挨了吳征一拳，破了道口子，溫熱的鮮血順著他的額角慢慢滑落下來，滲透進深色的衣服，不見蹤影。

後背挨了一棍，也好似毫無知覺。

他大口喘著氣，想到雲泥身上那些大大小小的傷痕，出拳落腳的力度越發狠厲。

像是壓抑了很久的雄獅。

遠處傳來忽遠忽近的警笛聲，吳征幾人見一直找不到什麼好處，又怕再像上次把人折進去，收手想要走。

一夥人跑到巷子口，卻被帶人趕過來的蔣予堵了個正著，他們又想往回走，李清潭拎起地上的棍棒站在那裡。

吳征見逃跑無望，也反應過來自己是中計了，抬腳往牆上踹了一腳，罵了個髒字：「靠！」

警察很快趕來帶走了這一夥人。

李清潭卸了力，人靠著牆，木棍從手中滑落掉在腳邊，雪花窸窸窣窣從天空中落下來。

他抬起手，接了一片在手心裡，看著它很快化成一小滴水。

蔣予跑過來，看到他額頭上血肉模糊的傷口，忍不住爆了粗口：「我靠，我他媽剛剛怎麼沒想起來給那孫子一拳。」

李清潭背抵著牆輕笑，喉嚨忽然竄進冷風，忍不住低頭咳了兩聲，蔣予立刻湊過去扶住他：「沒事吧？」

「沒事。」他吞嚥了下，搭著蔣予的肩膀，「走吧。」

在去派出所的路上，李清潭打了通電話給何楚文，拜託他來一趟派出所，何楚文也沒多問，只說馬上到。

李清潭又說：「何祕，這件事先別通知我父親，我回頭跟你解釋。」

何楚文默了默，說：『好的。』

結束通話，李清潭收起手機，背靠著椅背，看著窗外一閃而過的夜色，長舒了口氣。

終於。

一切都可以結束了。

李清潭只簡單處理了一下額頭上的傷口，就去派出所錄口供，他把事情原原本本說了一遍。

吳征原本就留有案底，情況核實起來很順利。

西寧轄區的工作人員很快聯絡了負責之前襲擊案的同事，兩方一交涉，加上當事人的指證，事情真相已然明瞭。

吳征和他的同夥暫時被拘留，至於其他的同夥，落網只是時間問題。

此刻，李清潭還蹲在地上，額頭上的傷隱隱作痛，指腹間的潮溼讓他顧不上這些。

他抹掉雲泥手背上的淚水，沒有更近一步的接觸，只是低聲道：「事情都解決了，以後不會再有人來欺負妳了。」

雲泥只是一時情緒失控，很快緩了過來，目光落在他還滲著血的紗布上，「你還好嗎？」

「我沒事啊。」李清潭笑了下：「就是擦破了點皮，不是很嚴重。」

他穿著黑色的外套，身上可見的傷和血跡都被處理乾淨，至於那些看不見的，他怎麼可能和她說。

雲泥輕輕地吸了吸氣，對上他漆黑深邃的眉眼，莫名覺得氣氛有些不對勁，揉了揉眼睛說：「我去一下洗手間。」

「好。」李清潭站起身，久蹲和失血使他有些頭暈，身形也跟著微晃了晃。他不動聲色地坐到長椅上，說：「妳去吧，我在這裡等妳。」

「嗯。」

李清潭看著她進了洗手間，抬手揉了揉太陽穴，那邊何楚文和負責案件的警察溝通完，朝他走了過來。

他開門見山：「你想怎麼解決？」

「你能做到什麼程度？」李清潭現在其實已經沒多少力氣了，靠著椅背，吸氣呼氣都有些虛弱。

何楚文：「看你。」

「好。」李清潭還要說話，小齊倒了水回來，沒給到雲泥，被他接過去喝了兩口。

「謝謝。」

小齊笑：「沒事，那小女孩呢？」

李清潭：「洗手間。」

小齊沒再多問，轉頭進了辦公室。

過了一下，雲泥從洗手間出來，蔣予和他那幾個朋友也都錄完了口供，一行人站在走廊那裡。

李清潭還有事情要和何楚文商量，一時片刻也走不開，託蔣予送雲泥回家，又說：「再幫我跟老楊請一天假。」

「好，沒問題。」

這裡已經沒他們什麼事，雲泥和小齊打了聲招呼，又看了眼李清潭，才跟著蔣予他們離開。

李清潭站在路邊看著他們幾個上了計程車，轉頭就上了何楚文的車，剛剛在派出所裡，說話多有限制。

現在出來了，李清潭也不再掩飾自己的想法，「不要和解、不要賠償，也不要調解，我只要你盡最大的努力做到最嚴重的結果。」

何楚文揚了揚眉梢，大概是沒想到李清潭這次會這麼狠。

一年前他被李鐘遠派到盧城，明面上說是來照顧，但實際上他也算是李鐘遠安插在李清潭身邊的眼線。

這位小少爺是因為什麼來的盧城，何楚文也很清楚，原以為來盧城看著他會是一件很棘手的事情，但何楚文沒想到，除了上一次網咖的事情，李清潭遠比他想像中要安分許多。

只是這一次……

何楚文想到剛剛那個女生，大概猜出幾分，分神想了幾秒，便點頭說：「沒問題。」

李清潭知道何楚文的能力，沒在這件事情上多費口舌，轉而示弱道：「我想何祕應該也知道，我是因為什麼而來盧城。我父親那個人說一不二，對我也一直有偏見，但這次的事情您也看到了，錯並不在我。我能不能拜託您不要把這件事告訴他，就當是我欠您一個人情，可以嗎？」

何楚文在職場上浸淫許久，也清楚他們那種家庭表面上的風光和背後的身不由己，猶豫再三還是同意了，「僅此一次，下不為例。」

「謝了。」李清潭得到同意，心裡最後一塊大石落下，整個人放鬆下來，完全陷進椅背裡。

何楚文看了他一眼：「要不要送你去醫院？」

李清潭嘟囔了聲，揉著肩膀說：「那麻煩了。」

何楚文抬手推了下眼鏡，無聲失笑，沒再多說什麼，發動車子離開了這處。

李清潭身上多處受傷，但好在都是皮外傷，在醫院打了幾瓶消炎點滴，等到天亮又被何楚文送回家。

他迷迷糊糊睡了一天，醒來已經是下午。

阿姨早上來過一趟，看他在睡覺，打掃完又做好午餐放在桌上，李清潭從昨天到現在都沒怎麼吃，洗漱完，用微波爐熱了兩個菜，坐在桌邊吃飯。

偌大的家裡只有碗碟觸碰的聲音，冬日暖陽落進來，襯得四周越發空曠。

他吃完收拾了下，回房間拔掉還在充電的手機，盤腿坐在地板上，翻著那些未讀訊息。

李清潭在學校雖然低調，但仍是很多少女心中的風雲人物，她們不知道從哪裡知道他身分證上的生日，陌生號碼的祝福訊息昨天傳了一天。

他沒怎麼細看，點開通訊軟體，蔣予傳了幾十則訊息，視線往下滑，雲泥昨天夜裡傳來的訊息夾在其中，簡短的四個字。

『生日快樂。』

他愣了下，而後立刻從地上站起來，胡亂從衣櫃裡找了件外套，抓上鑰匙就往外跑。

李清潭從六歲之後就不怎麼過生日了，在北京的那十幾年，因為他身分敏感，生日更是不能提的話題。

去年，宋枝無意翻到他的身分證，求著要在平安夜那天幫他過生日，程雲華只好煮了碗長壽麵給他。

但李清潭和程雲華都清楚，他的生日並不在這一天，而他真正生日的那一天，卻又是兩個人共同的痛處。

於是假的成了真的，真的不了了之。

每年平安夜，那麼多則祝他生日快樂的訊息，唯有這一則，會讓他突然覺得也許過生日真的是一件快樂的事情。

李清潭到學校時，正好趕上第四節課。

蔣予早上幫他請假也只是說發燒了，這時班導師看到臉上的青紫，眉頭一皺：「你臉上怎麼回事？發燒能燒成這樣？」

班上冒出幾聲笑。

李清潭出門太匆忙，又騎了很長時間的車，此刻胃裡攪得難受，緩了一下才說：「昨天騎車回去不小心摔了，傷口感染才有點低燒。」

張武準備好的話吞進肚子裡，想著他也沒鬧到學校裡，也沒再多問：「算了，進來吧。」

李清潭回到位子上坐下。

蔣予躲在書堆後面，壓著聲問：「你不是不來嗎？」

「有點事。」李清潭把他手上的暖手寶拿過來捂在胃上，「你昨天把學姐送回去，她有沒有問你什麼？」

「問了，她問我們是不是早知道吳征今天會來找你。」蔣予想著她既然都能猜到這一層，就沒瞞著，把實情都說出來了。

李清潭也沒覺得意外，她那麼聰明，稍微深想一下自然能聯想起來，他摸出手機傳了則訊息給雲泥。

高三這邊的氣氛顯然沒有高二那麼輕鬆，考試時間將近，歡樂是短暫的，忙碌才是常態。

二班這兩節是數學週考。

筆尖劃過紙張的動靜此消彼長，卷子難度有點高，饒是擅長數學的雲泥這次寫起來也有些慢。

兩節課加上下課半個小時，剛結束數學，只吃頓飯的時間，化學老師又拿著卷子進了教室。

班裡有幾聲抱怨，化學老師放下保溫杯，把試卷遞給前排的同學：「都高三了，你們還這個樣子，不如早點收拾東西回家吧。」

沒人敢再說什麼。

試卷從前排遞過來，方淼拿了一張，低頭寫名字：「等一下提前交卷出去吃點宵夜怎麼樣？」

雲泥晚上也沒怎麼吃東西，點頭說：「好。」

化學比起數學難度沒那麼大，一個半小時的考試時間，雲泥和方淼都提前了半個多小時交卷。

這是最後兩節晚自習，交了卷就等於是放學。

從教學大樓出來，方淼拉著雲泥直奔燒烤攤，她上週剛結束集訓和競賽考試，回來還沒歇口氣，又趕上週考，急需補充能量，坐下來直接要了二十串羊肉和二十串牛肉。

「我真的要累死了。」方淼一邊抱怨一邊拿手機傳訊息給家裡司機，讓他晚一點再過來。

雲泥看她拿手機才想起什麼，伸手從包裡翻出手機，下午和晚上都在考試，她一直沒看手機。

這時一打開，都是未讀訊息和未接來電。

她刪掉那些推銷電話和垃圾訊息，看見李清潭在五點和六點半打來的兩通電話。

還有通訊軟體上他傳來的三則訊息。

『學姐，下午放學有空嗎？』

『學姐？』

第三則隔了四十多分鐘。

『妳考完了告訴我一聲。』

雲泥回了一則。

『考完了。』

剛放下，手機又亮了，彈出一通電話。

她接起來。

李清潭那邊有點吵，過了幾秒才聽見他說話：『學姐。』

雲泥應了聲，誰也沒說話。

過了幾秒，她問：「你事情解決的怎麼樣了？」

『差不多吧，交給專業人士去處理了，應該過幾天就會有結果。』他像是笑了：『本來下午想找妳吃飯的，沒想到妳一直在考試。』

雲泥「啊」了聲，手指無意識摳著桌角，「快期末了，最近考試比較多。」

『沒事。』聽筒裡又沉默了幾秒，他聲音低低的：『昨天……妳傳給我的訊息我看見了。』

「我知道。」

『……』

他又笑。

雲泥不知道他一直在笑什麼，正好老闆過來送烤串，和方淼對了下數目，李清潭聽見聲音，問：『妳在外面？』

她說是。

李清潭又問她地址，說要過來。

雲泥捂著話筒問了方淼的意見，她大咧咧的，一副來者是客的模樣，「可以啊，讓他們來吧。」

「那你來吧。」

今晚是聖誕，蔣予覺得不能這樣荒廢時間，非拉著李清潭出來吃飯，在店裡遇到其他班的朋友併桌一起吃。

本來吃得好好的，他非要走，還死拽著他一起。

「幹嘛啊？這不是吃的挺好的嗎？」蔣予丟掉沒來得及放下的一根筷子，看他那歸心似箭的模樣，心裡大致也猜到了：「學姐找你？」

李清潭笑著「啊」了聲。

蔣予甩開他的手臂，「你去找學姐，我跟著去幹嘛，我傻子嗎，主動去吃狗糧？」

「你不是嗎？」

「……」

蔣予罵罵咧咧跟著李清潭去了燒烤攤，眼尖看見坐在雲泥對面的女生，「那也是學姐？」

「是啊。」

「還算你有點良心，沒讓我一個人。」

李清潭推著蔣予過去，方淼踢了下雲泥的腳，「小學弟來了。」

她放下水杯抬頭，他們已經走到跟前，蔣予舉起爪子動了兩下，「學姐們好。」

方淼笑著應了聲，看起來很受用。

李清潭坐在雲泥對面的位置，他臉上的傷在這樣熱鬧的環境還挺惹人注意的，好幾個人從旁邊路過都盯著他看。

雲泥注意到他可能是有點不耐煩了，嘴巴也不知道在嘟囔著什麼，眉頭皺起，有點講不出來的可愛。

她剛要笑，李清潭像是注意到什麼，抬頭看了個正著，挑著眉問：「笑什麼？」

「沒什麼。」雲泥臉一熱，撇開視線不再盯著他看。

四個人也沒吃多少東西，中途雲泥藉口去洗手間順便去結帳，老闆拿起帳單看了眼：「你們這桌付過了，那個臉上有傷的小帥哥結的帳。」

雲泥回頭看了眼，李清潭沒注意到這裡，腿踩在桌腳旁，人往後仰著，椅子前腳翹起，他跟著一晃一晃的。

她輕輕嘆了聲氣，收起錢放回口袋。

結束時快十一點半，方淼家的司機過來接她，問了他們住哪，蔣予報了個地址，正好順路。

他拉開車門坐進去。

雲泥看著沒動作的李清潭，提醒道：「你不是也住在蔣予那裡嗎？」

「昨天搬回來了。」他微彎下腰跟方淼打招呼，等到車走了，又說：「走吧，我送妳回去。」

「不用，我可以坐公車。」

李清潭笑：「妳確定這個時間還有公車？」

「……」

他收緊了衣領，看著她的眉眼，「這是最後一次了。」

聽到李清潭這麼說，雲泥怔了下。

對啊。

吳征的事情已經解決，他以後也不需要再送她了，也或許，連見面的機會都很少了。

雲泥一時間無法形容在那一瞬間湧上心頭的情緒到底是對他的不捨，還是習慣了某件事情之後卻又突然要失去的遺憾。

但無論是何種，李清潭這三個字都是她在意料之外結下的因，可它卻在偶然間結成了果，墜入她平淡如水的生活裡，隨著時間的推移，一點點地下沉，直至落地扎根。

它不動聲色、毫不起眼，但也許在未來的某一天，它也會拔地而起，長成參天大樹。

接近十二點，街上越發冷清，李清潭的車速不是很快，慢悠悠地，道路兩側的樹影一閃而過。

一路上，雲泥耳邊只有風聲和機車引擎的動靜。

從學校到家裡，並不是很遠，社區門口的熟悉建築近在眼前，李清潭放緩了速度。

這一晚上，兩個人都有些沉默。

雲泥摘下安全帽站在車旁，視線落到男生空蕩蕩的脖頸間，忽地想起什麼，抬眸看他：

「你能不能等我一下？」

李清潭還坐在車上，單腳點著地，抬手捏了捏被凍得有些發紅的耳垂，聲音甕甕地：

「怎麼了？」

「我有個東西要給你。」雲泥也不知道怎麼說，伸手把安全帽掛到車手把上，下一秒就要走：「你等我幾分鐘，我上去拿給你。」

「欸——」李清潭眼疾手快地拉住她手臂，鼻尖和臉頰都被風吹得有些紅，「我跟妳一起進去吧。」

他把車停到一旁的臨時車位上，拉高了衣領，下巴隱沒在裡面，兩隻手放進外套口袋，跟著雲泥一起進了社區。

社區裡的路燈間隔很遠，少數幾個還是壞的，昏暗的光影裡，那幾棟住宅大樓的輪廓若隱若現。

垃圾成堆，道路也不齊整，有些地方凸起有些地方凹陷，一個不留神就會踩空。

風聲鶴唳，樹影婆娑。

有那麼一瞬間，李清潭想起之前看過的一部恐怖片，場景和現在有幾分相似，看不見盡頭的道路，模糊的人影。

他被自己腦補的畫面嚇得哆嗦了下，下意識往雲泥那邊靠近了些，兩個人中間的空隙被衣服摩擦的動靜所替代。

雲泥沒察覺到他的不對勁，沉默著走完這段路。

公寓大樓前的燈光比之前亮很多，防盜門猶如擺設，毫無顧忌地敞開著，李清潭跟著雲泥進了樓梯間，卻沒跟著上樓。

畢竟這個時間點，他一個男生跟著她回家，若是碰巧被鄰居看見，免不了會有閒話傳出來。

他站在樓梯間裡最亮的位置，抬頭看著已經上了幾級臺階的雲泥：「學姐，我就不上去了，在這裡等妳。」

雲泥點頭說好，而後快步上了樓。

李清潭往前走了幾步，站在防盜門那裡，背朝著樓梯間，外面黑漆漆一片，即便有光也照不到很遠的地方。

他又轉頭進了樓梯間，還順手把防盜門關起來。

樓上傳來鑰匙開門的動靜，他視線從四周看了一圈，落到對面牆上的牛奶櫃裡。這老社區住的都是些老人，家裡沒年輕人也沒小孩，很少有人會訂牛奶，裡面塞滿了各種傳單和水電費的票據。

李清潭走過去，才看了兩行，聽見樓上有很快速的腳步聲傳來，扭頭往旁邊看，沒幾秒，熟悉的身影出現在視野裡。

雲泥三步併作兩步，直接跳過最後兩級臺階，站到李清潭面前，把抓在手裡的東西遞了過去。

她剛剛跑得著急，緩了兩口氣才說：「生日禮物。」

「嗯？」李清潭輕揚了揚眉尖，顯然這是一份意料之外的禮物，他伸手接過去。

雲泥抿了抿唇，解釋得有些亂。

上一秒還在說之前聽宋枝提到你生日的事情，下一秒又是謝謝他這段時間送自己回家。反正就是沒說到重點。

李清潭看她著急到話都說不清楚的樣子，驀地笑了下，輕聲打斷道：「謝謝，我很喜歡。」

雲泥停了下，也再不解釋買這份禮物到底是因為什麼，整個人像是鬆了口氣，「你喜歡就好。」

李清潭捏了捏紙袋，問她現在能不能打開看一下，在得到同意之後，才撕掉封著袋口的膠帶。

他一隻手勾著袋子提繩，先拿出的是手套，戴了一隻在手上，又從裡面拿出帽子，單手就往腦袋上戴。

可能是單手不好操作，戴了兩次都沒能戴好。

雲泥當時也沒想那麼多，抬手幫他戴了一下，李清潭遷就她的身高，微微低了低頭。

靜謐無風的樓梯間，隨意一個動作都會發出細微的動靜。

雲泥左手還不能完全用力，手指勾著帽檐往下壓了壓，指腹碰到他的頭髮，柔軟又蓬鬆。

「好了。」她鬆手，視線猝不及防地對上少年漆黑的眉眼。

他還保持著微低頭的動作，額角的紗布被帽檐壓住一角，眉目清晰俊朗，下頜線條削瘦。

這麼近的距離，雲泥甚至能看清他臉上那些細小柔軟的絨毛。

那一瞬間，好像彼此的呼吸和氣息都糾纏在一起，誰也不分清是誰的，直到門外傳來一聲狗吠。

李清潭率先回過神，倏地直起身，視線往旁邊一扭，欲蓋彌彰似地低咳了一聲。

他下意識抬手摸了下帽子，才想起來手上還戴著手套，摘下來放進袋子裡：「我回去了。」

雲泥也有些無所適從，胡亂應了聲，視線和手都不知道往哪裡放，站在原地看著他開門走出去。

樓梯間裡面和外面是兩個世界。

李清潭一出來，也沒停頓，也不知道是害怕還是別的，一口氣跑到了社區門口。

他坐到車上，心跳還沒緩過來，低頭對著後視鏡看了眼。

帽子是黑色的，帽檐捲上去的那一層有一個小長方形的白色標識，李清潭對著鏡子看了幾秒，伸手扯下那一層。

遮住了有些泛紅的耳朵。

防盜門自動彈回的開關壞了，雲泥被冷風一吹才回過神，扭頭上樓，走臺階時分神，差點踩空。

心跳一瞬間落空，就像之前那一秒的對視，怦怦然，又猝不及防。

那種感覺過了很久也難忘記，哪怕她已經洗漱完坐在桌旁，腦海裡揮之不去的仍都是之前的畫面。

那一個晚上，雲泥按照放學之前的計畫，本該在兩點鐘之前寫完一張英語卷子。

可直到凌晨三點。

卷子是空著的，人也是醒著的，好像一切都不在計畫之內。

窗外又起風了，雪花在昏黃的光影裡窸窸窣窣地飄著，這一夜，不眠的人又何止一個。

次日一早，盧城昨天夜裡下了一夜的雪，老城區蓋了一層白，整片天地煥然一新。路邊的鏟雪車一輛接一輛。

雲泥怕塞車，沿著人行道往學校走，一路上碰見好幾個班上的同學，也都只是擦肩而過，好似沒看見對方。

雲泥原來高一那個班的班導師是教歷史的，後來高二分班自然就成了文組班，當時班上很多人都留下來學文。

她學理，被分去了二班，而二班當時班上有四分之三的學生也都是原來高一的同學。

雲泥本來就不擅交際，獨來獨往的性格，也很難融入進已經成熟的圈子裡，如果不是遇上也是從其他班被分來二班的方淼，也許她整個高中都會是一個人。

今天是週三，因為即將到來的元旦假期，這週六和週日依然要上課，高三的四校聯考也就安排在這兩天。

考前那段時間，班上氣氛只短暫地鬆懈過一時，週五最後一節晚自習，劉毅海來教室交代一些考試的事情。

說完，他讓學藝股長把考試座位表貼到教室後面的黑板上，又道：「好了，大家動起來吧，把桌椅按照之前考試的方式排列好，那個方淼，妳等他們弄好，讓今天的值日生打掃完教室再走。」

方淼應了聲：「好的。」

劉毅海：「抽屜裡面不要留東西，課本試卷什麼的帶不走就放到我辦公室，自己放好，別到時候不見了。」

「知道了。」

劉毅海沒在教室多留，他一走，班上頓時吵了起來，嘰嘰喳喳的聲音夾雜在桌椅摩擦的動靜之中。

雲泥收拾好自己的東西，方淼要等值日生打掃完衛生才能回去，就沒讓她等。

她從教學大樓出來，外面還在下雪。

這個時間正好是高一高二下晚自習的時間，學校的林蔭道上擠滿了人，花花綠綠的傘混在一起，像一條五顏六色的河流。

雲泥將羽絨外套的帽子扣在腦袋上，快步從一旁穿過去。

人群裡。

蔣予光著手撐著把黑色的傘，看了眼穿戴整齊的李清潭，說：「手套給我一隻。」

「不給。」

「那你來撐傘。」

李清潭手臂一抬：「我手疼。」

「……」蔣予想罵人了，他早上來教室看到圍著圍巾、戴著帽子和手套的李清潭，跟看到什麼新奇玩具一樣，取笑他的同時還要上手去摘他帽子。

李清潭當時就讓他知道了什麼叫做社會的險惡，等到他張口求饒才放手回了自己的位子。

蔣予看他那寶貝的樣子，突然福至心靈：「學姐送你的？」

李清潭沒理他，摘下圍巾和手套放進包裡，這才格外認真地和他說道：「以後不要動我帽子。」

「圍巾也不能動。」

「手套也是。」

蔣予：「……」

李清潭從口袋裡摸出一盒牛奶遞過去：「帶給你的。」

好吧。

拿人手短，吃人嘴軟。

蔣予對他那點不滿瞬間消失殆盡，但還是忍不住吐槽了句：「你就作怪吧。」

「……」

高三考試那兩天，高二這邊的日子也不好過，五班的班導師天天拿「明年你們就高三了」這樣的話來逼班上的學生緊張起來。

這話對好學生有用，對蔣予這樣的富幾代來說，其實就跟廢話沒區別，但對於李清潭，卻也有著不一樣的意義。

對啊。

明年他就高三了，就要離開這裡回到原來的城市讀書，和這裡的一切都要說再見。

他想到什麼，扭頭看了窗外一眼。

遠處高三的教學大樓屹立在風雪裡，從這裡過去只要幾分鐘的時間，可是從廬城到北京，從現在到以後，那麼遠的距離和那麼長的時間，豈是短短幾分鐘的事情。

李清潭心頭湧上一點難以言說的情緒，收回視線看見放在抽屜裡的針織帽子，指尖戳了兩下，輕輕嘆了聲氣。

二〇一二年的最後一天，瑪雅預言中的世界末日並沒有來臨，反而隨著假期將近，哪怕是還在考試的高三年級，也少有的多了些歡聲笑語。

午休時間，雲泥趴在桌上補覺，迷迷糊糊聽見班上同學在討論考完試之後要去哪裡跨年。

教室裡門沒關好，有點漏風。

她睡了一下被冷醒，從包裡翻出水杯去裝水，回來時看見李清潭和方淼站在教室後門說話。

他戴著她送的帽子，額角上的紗布換成了ＯＫ繃，頭髮好像長長了，從帽檐底下鑽了出來。

也還是像以前任何時候一樣，叫她：「學姐。」

雲泥應著。

方淼看看她又看看他，笑咪咪地說：「你們聊，我先回教室了，晚上見啊，小學弟。」

李清潭點頭說好。

等方淼進去，他看見雲泥有些疑惑的神情，主動解釋道：「晚上市府廣場那裡有跨年煙火，我問了方淼，她說你們晚上也不用上晚自習。」

他停了下來，斟酌著：「妳放學之後還有別的事情嗎？」

「沒有。」

「那一起去跨年嗎？」

雲泥沒說去還是不去，李清潭看著她，呼吸和心跳好像都在一瞬間變得清晰可聞。

約莫過了一下，就在他以為她會拒絕時，又見她點了點頭道：「我知道了。」

李清潭抿了抿唇角，說話時眼裡已經有了笑意：「那放學之後，我跟蔣予在學校門口等妳們？」

「我們應該還要開一下班會，晚一點我聯絡你吧。」

「行，那我就先回去了，妳好好考試。」

「嗯。」

李清潭剛走，雲泥轉頭就看見從走廊另一頭走過來的劉毅海，心裡莫名咯噔了一下。

但劉毅海不知道是沒看見還是怎麼，也沒說什麼。

下午最後一場英語考試結束，雲泥和同個考場的方淼回到教室，劉毅海開完班會叫住了雲泥。

方淼比劃了下，「我在教室等妳。」

「好。」

雲泥跟著劉毅海去了辦公室，在路上她隱約察覺到劉毅海找她很可能是因為李清潭的事情。

果不其然，一進門，劉毅海就開門見山地問道：「中午和妳站在教室門口說話那男生，是不是高二的李清潭？」

雲泥：「是。」

「他來找妳的？」

「嗯。」

劉毅海沒再追問下去，只道：「上次職高的那件事情，派出所也通知我了，妳和李清潭見義勇為是好事，現在李家那邊在追究吳征的責任，襲擊妳的那幾個女生也都被抓住了，應該過不了多久就會有結果，妳可以放心了。」

說完這件事，他又放緩了語氣：「妳已經高三了，妳該清楚在這個時候，哪些是能做的哪些是不能做的。」

雲泥低著眸，點頭說：「我知道。」

劉毅海點到為止：「好了，早點回去吧。」

「嗯，劉老師再見。」

從辦公室出來，雲泥在走廊站了一下才回到教室，方淼放下手機，「老劉找妳說什麼？」

雲泥：「問我考得怎麼樣。」

方淼吐槽道：「老劉也真是的，都考完了還問什麼問，就不能讓人過個快樂點的假期嗎。」

雲泥拿起書包，笑得有些敷衍：「好了，走吧。」

李清潭和蔣予已經等在校門口了，這個時間坐公車和坐計程車的人很多，蔣予提前讓家裡司機開車過來。

蔣予坐在副駕駛。

方淼拉開後車門坐進去，雲泥坐在她旁邊，還沒緩過神，李清潭跟著坐了進來。

門一關，車內暖氣烘人，他身上那點清冽的、帶著冷調質感的香味，縈繞在雲泥的呼吸間。

車開了。

方淼和蔣予性格相似，很聊得來，一路上就聽見他們兩個嘰嘰喳喳地聊個不停。

雲泥懷裡抱著書包，有些出神。

馬路上龐大的公車夾在私家車和計程車中間動彈不得，他們的車正好就停在一輛公車後面。

好不容易開出去，前面一個路口，一輛計程車追撞了公車，司機一個猛煞，車裡的人都往前一傾。

雲泥被夾在中間，前面沒遮擋，眼看著整個人都要撲到前排去了，手臂突然被人拉住。

等車停穩，司機語氣有些抱歉。

蔣予也沒說什麼，回頭問：「學姐沒事吧？」

「沒事。」雲泥坐回去，手臂上那隻手也鬆了，還順手拿走了她抱在懷裡的書包。

方淼往旁邊挪了挪，給她左手臂更多的空間，「手臂沒撞到吧？」

她搖搖頭說沒有。

餘光裡，李清潭還是之前那個姿勢，整個人差不多快倚著車門，耳朵塞著耳機，腿上放著他和她的書包。

雲泥垂下眼簾，手指扣著拉鍊，心裡有些說不出來的亂。

正分神，坐在一旁的人忽地動了動手臂，柔軟的布料擦著她的手臂，她下意識往旁邊挪了點。

可下一秒，耳朵突然碰上一片冰涼，緊接著一隻耳機塞了進來，耳邊怦然響起陳奕迅極易分辨的歌聲。

「——願意／用一隻黑色的鉛筆／畫一齣沉默舞臺劇／燈光再亮也抱住你／願意／在角落唱沙啞的歌／再大聲也都是給你／請用心聽／不要說話——」

雲泥側過頭。

少年倚著車門，窗外變化莫測的霓虹光影穿過玻璃落進來，打在他輪廓分明的側臉。

他抬眸對上她的目光，眼裡也染上霓虹的光芒。

那一瞬間，耳機裡的歌正好唱到——

「／愛一個人是不是應該有默契／我以為你懂得每當我看著你／我藏起來的祕密……」

馬路上的車流前進緩慢。

車裡蔣予和方淼話題終止，一個轉頭坐回去在看遊戲直播，一個靠著椅背在補覺。

耳機裡的歌已經切換到下一首了，可雲泥一個字都沒聽清楚，猶如一團亂麻的思緒裡，好似有什麼快要冒出來了。

大約是心跳的動靜太過清晰，她下意識伸手攥住了耳機線，怕自己的心跳聲順著這條線傳過去。

欲蓋彌彰的動作，卻掩飾不了那些動搖的心思。

車子還不到市府廣場就堵在了路上，這個時間和這個節日，讓滿城的人都在往那裡趕。冗長的車流停滯不前。

蔣予在車裡坐得又悶又著急，抬手將窗戶開了道細縫，「要不然我們下車自己走過去吧？」

他扒在座椅上，回頭看後排的三個人。

方淼靠著車門玻璃睡得昏天暗地，雲泥和李清潭倒是沒睡，坐得板正，一根白色耳機線連在兩人中間。

聽到他說話，像是在發愣的雲泥回過神，問了句：「什麼？」

蔣予看了眼李清潭，憨笑了聲：「沒事沒事，我沒說什麼，就是問你們餓了沒。」

「還好。」

「看這情況應該還會塞一下。」蔣予說著說著人又坐了回去，慢慢也沒了聲音。

車廂裡又恢復安靜。

雲泥發了一路的呆，耳機裡的歌換了一首又一首，這時回過神，才發現耳機裡不知道什麼時候已經沒聲音了。

她想要把耳機拿下來，可又怕拿了之後太過尷尬，索性戴著沒動，手指仍舊摳著拉鍊。

但李清潭又和之前幫她戴耳機一樣，不打一聲招呼就把耳機拿下來，慢慢捲成一團，壓低的聲音帶著點笑意：「都沒歌了，妳在聽什麼？」

「……」雲泥總不能說我怕尷尬，隨口搪塞道：「我忘了。」

李清潭也沒去深究她話裡的真假，將耳機放回口袋，抬手拍了下副駕駛的椅背：「不是說走過去嗎？」

蔣予「啊」了聲，從靠近車門那一側縫隙，和他擠了擠眼神：「真走啊？」

李清潭點頭：「嗯，不然不知道要塞到什麼時候。」

車子已經下了高架，離市府廣場也只有兩個路口的距離，蔣予讓司機靠邊停車，雲泥叫醒方淼，從右側下了車。

外面還在飄雪，但下的不大。

蔣予關門前和司機說：「晚一點再過來接我們吧，大概十二點半左右到這裡就行了。」

「好的。」

這個時間離跨年還有幾個小時，他們先去吃了烤肉，又在商場裡逛了一下，等到十一點多才去市府廣場。

那一年市府廣場附近剛好發展起來，最近的商業大樓也是今年元旦才開業，但跨年夜人依舊很多。

人流裡三層外三層，馬路上的車輛幾乎動彈不得。

四個人站在商場門前的空地聊天，旁邊站著幾個女生，大約是美術生，在討論這段時間的術科考試。

蔣予隨口問了句：「欸，妳們明年不是就要升學考了嗎？想好考哪個學校了嗎？」

方淼之前參加了競賽，成績還沒出來，她站在原地跺了跺腳說：「能保送的話就去上海交大醫學院，不能保送，就考進去。」

「哇，有志氣。」蔣予又問雲泥。

她回答中規中矩：「看成績吧。」

「我猜測我到時候只能出國了。」蔣予嘆了口氣，搭著李清潭肩膀：「說實話，我真羨慕你有北京戶籍。」

李清潭低笑一聲，視線漫不經心地從雲泥那邊掠過。

後來接近十二點，街頭巷尾又湧過來一撥人，四個人猝不及防地被人流裹挾著往前走。周圍滿是陌生面孔，氣氛熱鬧而歡樂，雲泥被夾在人群當中，又悶又熱，後背出了一層汗。

她想要回頭找方淼和李清潭他們，可腳步根本不受控制，不斷有人擦著她的肩膀撞著她的後背。

人越多一停下來就有危險。

前面好像有人摔倒了，只聽見人群裡一聲吼叫「不要擠了不要擠了」，擁擠的人群突然變得混亂。

雲泥被撞了幾次肩膀，落腳的空間有限，陡然間踩到別人，低聲道歉的瞬間後面有人擠過來。

她不受控制地往旁邊倒，快要倒地的那一秒，她看見李清潭越過人群朝她而來的身影。

那一瞬間，四周走動的人群忽然停了下來，遠處鐘塔的時針和分針已經就位，等著秒針轉完屬於二〇一二年的最後一圈，共同邁向新的一年。

四周響起最後十秒倒數的吶喊聲。

雲泥在「十、九、八、七——」的聲音裡，被李清潭抓住了手，從地上拉了起來。

少年眉目微凜，手心滾燙。

伴隨著最後一個秒數落下，鐘塔歸置十二點，夜空在同一時刻綻開朵朵燦爛絢麗的煙火。

周圍響起無數歡呼和尖叫。

李清潭握著雲泥的手，天空煙火忽明忽暗的光影落進彼此眼裡，好像一瞬間遠離了人潮人群之外。

約莫幾秒的光景，兩個人回過神，悄無聲息地鬆開手，抬頭看向遠方的天空。

黑黢黢的夜空被接二連三的煙火照亮。

天空又飄雪了。

絢爛斑斕的夜空之下，雪花的形狀也越發清晰，雲泥微仰著頭，一片雪落在睫毛上。

李清潭側過頭，視線落在她臉上。

捨得離開嗎？

他在心裡問自己。

伴隨著最後一波煙火的停歇，這場盛大而熱烈的跨年夜步入尾聲，四周人群齊聲喊出「新年快樂」。

雲泥眨了眨眼，察覺到李清潭的視線，回過頭和他對視，眼裡漸漸有了笑意：「新年快樂。」

那一瞬間，眼前的一切都明亮了。

李清潭的眼眶微微發熱，但也還是笑著的，「新年快樂。」

四周的人潮逐漸散開，蔣予和方淼從不同的地方擠過來，四個人走到兩條馬路之外的路口。

司機已經早早的等在了那裡。

他們幾個人都不順路，先下車的是方淼，等到雲泥下車，李清潭跟著從車裡下來。

他從羽絨外套的口袋裡摸出一個方盒遞給雲泥，輕聲說：「新年禮物。」

雲泥猶豫了下才接過去：「謝謝。」

李清潭沒有再說什麼，兩個人互相看了幾秒，坐在車裡的蔣予忍不住翻了個白眼。

好歹親一個啊。

實在不行抱一下也行啊。

就這麼看，還能看出花來不成。

李清潭抬手捏了捏後脖頸，手順勢又搭在車門把上，「妳進去吧，我們也走了。」

雲泥輕輕應了聲，將手裡那個方盒攥得很緊，「注意安全。」

他揮揮手，坐進車裡。

雲泥看著車子慢慢開出視野，才轉身進了社區，回去洗了個熱水澡，沖掉冬夜的冷意。

她吹完頭髮坐在桌旁，打開那個小方盒，裡面是一條項鍊。

簡單大方的銀色鏈子，底端墜著一顆小小星球。

她指腹摩挲著那顆小星球，想起之前在廣場少年朝她而來的那一幕，分神許久，又將項鍊放了回去。

第七章　別走

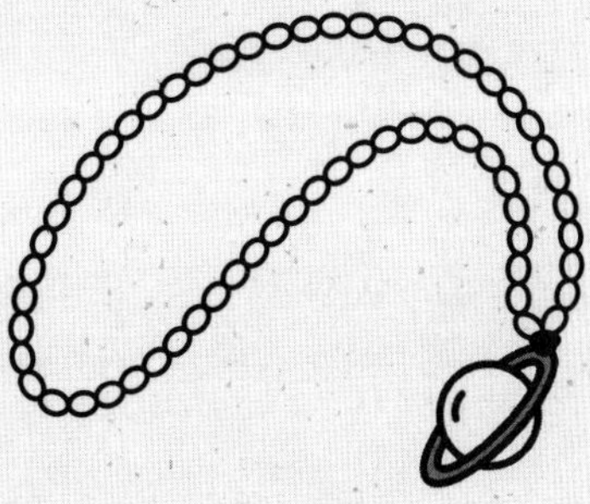

新年的第一天，雲泥從劉毅海那裡得知，之前襲擊她的那幾個女生原本只能算故意傷害，但李家那邊不知道從哪查到之前被她們欺負過的人，整理出十幾份不同程度的驗傷報告。

再加上吳征的事情，原本只是惡意報復，但何楚文非說是綁架勒索未遂，總而言之，就是把各種情況都說得很嚴重。

吳征之前不僅僅有一個案底，這些事情串在一起，讓案子嚴重程度再上升了一個等級。

吳家人也不是好欺負的，各種託關係找人，但李清潭之前說過，不接受任何私下和解及調解，何楚文絲毫不退步，案子到現在還僵持著，可能要到年後才能判下來。

劉毅海在電話裡說：『不管判成什麼樣，現在這件事情總算是過去了，接下來可一定要把精力多投入到念書裡。』

「我知道了，謝謝劉老師。」

掛了電話，雲泥又和雲連飛說了這件事，最後想了想，也傳了則訊息給李清潭。

『案子的事情，謝謝你。』

李清潭收到訊息時，人已經在北京了。

昨天夜裡，李明月出差順道路過廬城，就把他一起帶了回來，中午一家人坐在一起吃飯。

李鐘遠忽地提道：「我已經和你之前的學校聯絡好了，下學期你就從廬城轉回來。」

李清潭放下筷子，語氣很淡：「不是說高三再轉回來。」

李鐘遠冷笑：「怎麼？在廬城待久了，連家都不想回了？」

「當初是你非要送我過去的。」李清潭本來就不是特別餓，這下徹底沒了胃口。

「是我想把你送過去的嗎？」李鐘遠壓著怒氣：「明明是你自己惹下的爛攤子。」

眼看著父子倆下一秒又要吵起來，坐在一旁的李明月還沒來得及出來打圓場，自家大哥倒先開了口：「我吃飽了，你們慢用。」

李清風本來就是抽時間回家吃飯，李鐘遠還有事情和他商量，也顧不上說李清潭，起身去了書房。

李太太也跟著放下筷子，叫李明月吃完來一趟她的臥室，全程沒看李清潭一眼。

桌上只剩下姐弟兩人。

李明月也沒什麼心情再吃，抬頭看著李清潭：「不想回來？」

「沒有，只是不想現在回來。」

「為什麼？」

李清潭重新拿起筷子，沒說話。

「交女朋友了？」

「……沒有。」

李明月盯著他看了一下，又問：「脖子上戴的什麼？」

李清潭在家裡只穿了件T恤，領口有些大，項鍊的鏈子露在外面，聽到李明月問，他頭也不抬地說：「項鍊啊，不然還能是什麼。」

李明月笑：「還說沒談戀愛？」

「本來就沒。」口袋裡的手機震動了下，李清潭拿出來，看到是雲泥傳來的訊息。

他點開看了眼，低頭回訊息。

李明月沒再追問，意有所指道：「你遲早要回來的，爸送你過去的時候並沒有想過讓你永遠留在那裡。」

李清潭打字的動作停下來，聲音很低：「我知道。」

李清潭這個假期過得並不怎麼安生。

李鐘遠說什麼都不肯鬆口，堅決要他過完年就轉回原來的學校讀書。

父子倆的氣氛和一年前被李清潭打傷的學生家長找上門後，李鐘遠非要送他走時一樣劍拔弩張。

當初是一個要送，一個不肯走，現在時過境遷，一個要留，可另一個卻又不願意回來。

這麼多年，父子倆好像沒有意見統一的時候。

李鐘遠將自己固執、暴躁的一面全都展露在自己這個小兒子面前，李清潭也回饋他同樣的冷漠和叛逆。

他們之間就不存在和顏悅色的畫面。

白日裡一場大吵，讓本就岌岌可危的父子情又添了條裂縫。夜裡，李清潭坐在二樓的露臺抽菸。

望著遠處的高樓大廈，他回想起剛來到這個家的那一年。

那時的李清潭才六歲，遭遇了母親意外離世的悲痛，在某天深夜被父親接回北京。

那一晚是他新生活的開始，也是他所有苦難的開端。

也是從那天起，李清潭才知道為什麼父親總是沒有時間來盧城看望他和母親，為什麼每年春節總是只有他和母親。

為什麼父親不會出席他的家長會，不參加他的幼稚園親子活動。

原來一切都不是因為沒有時間，而是李鐘遠早在很久之前，久到在他出生之前，在北京就已經有了一個家。

他是李家的不速之客，是李鐘遠對妻子不忠、對兒女不負責任的證據。

來到北京的第一年，李清潭過得並不怎麼好。

李清風那時已經成年，對於他的到來厭惡至極，李太太更是冷眼相待，只有李明月會偷偷溜進他的小房間，送吃的和玩的給他。

李鐘遠平時工作忙，很少回家，他的戶籍和年齡都被改了，還不到上學的年紀，每天待在家裡的活動範圍只有臥室和餐廳。

沒什麼事情時，他總是躺在床上，看著窗外那顆銀杏樹，春去秋來，從碧綠到枯黃。

他偶爾也會想起母親，想起他們在盧城的日子。

這樣的生活持續了一年多，住在師大教職員工宿舍的李老爺子在某天來到家裡，將他接過去。

老爺子不僅沒有介意他的出身，反而還格外寵他，從七歲到十五歲，李清潭都是在他的庇護下長大的。

一截菸灰落下，李清潭被快要燒盡的菸頭燙了下手，回過神，抬手將菸頭按滅在菸灰缸裡。

他起身回屋，在樓梯口碰見剛從外面回來的李清風。

李清風大約是剛應酬完，身上帶著些微醺的酒意，英俊硬朗的樣貌，眉眼和李鐘遠如出一轍。

李清潭停住腳步，垂眸叫了聲：「大哥。」

他冷淡地應了聲，擦肩而過的瞬間，又突然開口道：「不想回來？」

李清潭愣了下。

李清風站在臺階上，回頭看著他：「那就永遠都不要回來。」

說著這句，他收回視線，抬腳往樓上去，李清潭在原地站了下，才朝著走廊盡頭的臥室走去。

大概是夜裡吹了冷風，李清潭晚上睡得並不踏實，像是被夢魘住了似的，意識亂七八糟。

醒來時已經是上午，頭重腳輕的感覺讓他渾身都有些不舒坦。

他是下午的機票，回來時就沒多少行李，走時也一樣，中午吃過飯，家裡的司機送他去機場。

走之前，李明月往他書包裡塞了張卡道：「在那邊別委屈自己，還有，爸讓我轉告你，還是高三再讓你回來了。」

李清潭疑惑地「嗯」了聲，鼻子不太暢通，講話甕甕地：「他怎麼突然鬆口了？」

他以為這會是一場持久戰。

李明月下巴往客廳裡一抬，「問他。」

李清潭看到背朝著屋外坐在沙發上的李清風，想到他昨晚的那句話，不管是真心還是假意，但起碼在這件事情上，總算是給了一個好的結果。

他笑了笑：「幫我謝謝大哥，我先走了。」

「去吧，注意安全。」等到車開出院子，李明月才轉身回屋，坐在沙發另一端，「大哥。」

李清風垂眸看著報紙，沒說話。

「其實你現在已經沒有那麼討厭他了對不對？」李明月說：「不然你也不會一大早就和爸說這件事。」

「我只是不想在家裡見到他。」

李明月朝他懷裡丟了個蘋果：「你就嘴硬吧。」

李清潭抵達盧城已經是晚上，頭重腳輕的情況越發嚴重，他人又睏得慌，回到家裡衣服都沒換倒床就睡。

迷迷糊糊睡到半夜被渴醒，家裡沒熱水，隨便喝了兩口冷的，跟灌刀子似的，刮得喉嚨生疼。

李清潭放下水杯，想起放假前阿姨說要到五號才能回來，重新躺回床上，在半夢半醒間摸到手機傳了則訊息給蔣予。

次日一早。

雲泥起床時才發現昨天晚上忘了幫手機充電，充了一下後，她又從抽屜裡翻出一個行動電源，帶著去了學校。

一個早自習過去，她才拿出來開機。

手機用的時間長了，反應有些遲鈍，都開機了許久才彈出幾則未讀訊息。

雲泥往下滑著，看到李清潭昨天凌晨三點傳來的訊息。

『幫我跟老楊請兩天假，就說我生病了。』

訊息的口吻看著不像是傳給她的，雲泥拿著手機走出教室，回了訊息給李清潭也打了電話。

都沒有任何回應。

她下樓穿過廣場，走進高二的教學大樓，這時間剛下課，五班教室裡到處都是追逐打鬧的聲音。

蔣予就坐在後門旁邊的位子，她一過去就能看見。

「學姐？」蔣予看見她還愣了下，咬著棒棒糖從教室裡出去：「怎麼，找我有事啊？」

雲泥把李清潭傳來的訊息給他看了眼，「他好像傳錯了。」

「我就說呢，怎麼今天沒來。」蔣予拿下嘴裡的棒棒糖，從口袋掏出手機打給他。

「我打過了，沒打通。」

「嗯？」蔣予電話沒撥出去：「那應該是在睡覺吧，他經常這樣，上午的課都是睡過去的，妳別擔心，我聯絡上的話讓他和妳說。」

雲泥想說自己不是擔心，但也沒解釋，「我先回去了。」

「學姐再見。」

蔣予進了教室，曾揚揚坐在李清潭的位子上，打趣道：「你行啊，學姐親自來找你。」

「別胡說。」蔣予點了點李清潭的桌子：「找他的。」

「女朋友啊？」

蔣予不耐煩了：「你怎麼這麼八卦。」

「……」

一上午的課過去，蔣予終於聯絡上李清潭，「你怎麼回事啊？打了那麼多電話給你都沒接，睡到現在？」

他聲音沙啞得不行：『我不是說了生病了。』

「我靠，我以為你跟我開玩笑呢。」蔣予一聽他那嗓子就知道病的還不輕，「你在哪裡？」

『家。』李清潭又咳了聲：『我忘了買藥，你有空帶點藥過來給我。』

蔣予邊說邊往外走：「行行行，你躺著吧，我現在過去，真服了你，生病了都不知道吃藥，你家阿姨呢？」

『回家了。』

「……」蔣予掛了電話，匆匆往樓下跑，半路上想起什麼，又跑到高三那邊，「學姐學姐！」

他大驚小怪的，方淼探了個頭出去：「怎麼了？」

「雲泥學姐在嗎？找她有點急事。」

「她去裝水了。」

「謝了。」蔣予跑到茶水間，正好撞到雲泥從裡面出來，喘著氣說：「學姐，能不能幫個忙？」

「怎麼了？」

「來不及了，路上和妳說。」

直到坐上車，雲泥才知道李清潭真的生病了。

蔣予瞄著她的神情，不動聲色地誇大道：「我打電話給他還沒說兩句，人就沒聲了，我猜測會不會是燒暈過去了。」

雲泥手裡還拿著保溫杯：「他家裡沒人嗎？」

「沒有，他一個人住，家裡阿姨放假還沒回來，他父母都在北京，遠水也救不了近火，就只能靠我們了。」

雲泥想起之前有人說他是北京來的轉學生，點點頭也沒再多問。

李清潭住在市中心附近，從學校搭計程車過來也要半個小時，蔣予下車後在社區門口的藥店拿了一堆東西。

雲泥看不下去，走過去，把那些活血化瘀、治胃病的藥拿出去，「他只是發燒，拿點退燒藥就好了。」

視線。

蔣予結了帳。

「……」

兩個人進了社區，李清潭家在二十三樓，門是密碼鎖，蔣予輸密碼時，雲泥扭頭錯開了

屋裡比想像中要冷清許多，客廳是一面整齊乾淨的落地窗，家裡傢俱很少，不像是家更像是一個短期的落腳點。

蔣予關了門，從鞋櫃裡拿了雙乾淨的拖鞋給雲泥：「妳先坐，我去臥室看看他的情況。」

「好。」

蔣予進屋沒多久又跑出來，神情有些緊張：「我靠，真昏過去了。」

「……」雲泥說：「我方便進去看一下嗎？」

「能，他穿衣服了。」蔣予一邊打電話給家裡的家庭醫生，一邊去找體溫計，他顯然有些手忙腳亂，在客廳把聲音弄得很響。

臥室比起外面客廳要稍微有人氣一些。

屋裡的窗簾拉了一半，李清潭趴在床上，臉埋在枕頭裡，呼吸很重，也不知道是睡著了還是昏過去了。

雲泥伸手摸了摸他的額頭，有些燙，蹲在床邊叫了幾聲他的名字。

他迷迷糊糊還有回應，但始終沒醒。

雲泥起身幫他把蓋了一半的被子完全扯過來蓋到他身上，走出臥室，「他應該只是睡著了，但體溫還挺高的，不然還是先送他去醫院吧。」

「我聯絡了醫生，他正在往這裡趕。」蔣予撓了撓頭，「剛剛忘了買體溫計了，我下去一趟。」

「好。」雲泥想起什麼：「有沒有乾淨的毛巾，我先幫他物理降溫。」

「等等，我找一下。」蔣予從櫃子翻出兩條沒拆封的毛巾，「那我先去買東西。」

「好。」雲泥拿著毛巾去了廁所，把兩條毛巾放在冷水裡浸溼，稍微擰乾，拿著回了臥室。

李清潭還是之前那個睡姿。

她走過去，毛巾搭在手臂上，把人慢慢翻過來，還好他還有些意識，察覺到有人在動自己，沒怎麼反抗，順著那個力量方向慢慢平躺。

雲泥幫他重新蓋好被子，將一條溼毛巾疊成長方塊敷在他額頭上。

等到毛巾溫度差不多達到體溫時，她又換了另外一條，拿著換下來的一條去廁所重新用冷水浸泡。

整個過程，李清潭始終沒醒，但睡得也不安穩，眉頭緊蹙著，唇瓣因為發熱又紅又乾。

雲泥出去在廚房找到一個水壺，接水插上電，又回臥室繼續換毛巾。

過了一下，她聽見外面開門的聲音，起身拿掉李清潭額頭上的毛巾，換上另外一條，正準備出去，手卻被捉住了。

雲泥低下頭，見他掀眸看著自己，眼角泛著紅，好像還沒完全清醒過來，唇瓣微動，含糊的發了兩個音。

「……別走。」

李清潭就清醒了一剎那，手上的力道很快就鬆了，手臂順著垂下來搭在床沿邊。

雲泥指尖動了動，上面似乎還沾著他的溫度。

她彎腰幫他把手臂塞回被子裡，撿起掉在地上的毛巾，走出臥室之前扭頭看了眼。

他好像又睡著了，臉色蒼白毫無血色，但唇卻紅得有些豔麗。

屋裡靜悄悄的，他那一秒的脆弱好似只是她的錯覺，雲泥收回視線，走了出去。

蔣予怕看不好水銀體溫計，在藥店店員的推薦下買了一支額溫槍，見她出來，問了句：

「他怎麼樣了？」

雲泥搖搖頭：「還沒醒。」

「那我進去幫他量一下體溫。」蔣予從袋子裡拿出額溫槍，對著說明書看了一遍。

一頓操作下來，他看著顯示幕上的數字，「靠！三十九度多，他這是幹嘛去了。」

雲泥之前摸他額頭的時候就隱約感覺他燒得不輕，但沒想到這麼高，進去又幫他換了一次毛巾。

能做的都做了。

蔣予打電話把情況和家庭醫生說了一遍，又催他快點過來，「再不來都燒糊塗了。」

對方說：『快了，還有十分鐘。』

他掛了電話，看了眼時間，回頭問：「學姐妳吃飯了嗎？」

「吃過了，你還沒吃嗎？」

「沒來得及吃，就顧著打電話給他了。」蔣予把手機往沙發上一丟，「我看看廚房有什麼吃的。」

家裡的阿姨走之前怕李清潭不回北京，三十一號那天晚上買了些菜放在冰箱，但蔣予一個十指不沾陽春水的大少爺對著這一冰箱的東西也束手無策。

他從抽屜裡翻出一顆蘋果，隨便洗了洗就啃了兩口。

雲泥抬頭看了眼，問：「沒吃的嗎？」

「都是生的，我也不會做。」蔣予也有些餓了，連著啃了幾口蘋果說：「正好醫生也快到了，我等他來了再去吃。」

雲泥想了想，說：「你要是不介意的話，我幫你弄吧。」

「啊。」蔣予說：「會不會太麻煩了？」

「沒事，正好還可以熬點粥，等李清潭醒了，他應該會餓。」

「那麻煩學姐了。」蔣予丟掉啃了一半的蘋果，起身走進廚房：「妳要做什麼，我來幫妳。」

「冰箱裡有什麼？」

蔣予言簡意賅：「蔬菜和肉。」

「……」

雲泥跟著進了廚房，看了下現有的食材，問：「番茄炒蛋和馬鈴薯雞丁可以嗎？」

「沒問題。」

蔣予一開始還在廚房幫忙，後來家庭醫生來了，他就去了臥室，雲泥接著他削了一半的馬鈴薯開始處理。

兩道菜弄起來很快，她把菜端出去，盛出一小碗米飯放進冷凍裡，等蔣予吃完又拿出來倒進電鍋裡，放了半鍋水。

電鍋是智慧一體化的，有熬粥的模式，雲泥設定好，和在一旁洗碗的蔣予說：「粥已經開始煮了，大概一個小時後能好。」

蔣予問：「好了之後要怎麼弄？」

「不用管它，只要電不拔，就一直是保溫的。」雲泥看了下時間：「我先回去了。」

她從冰箱旁邊的掛籃裡拿了筆和便利貼，寫下一串數字：「這是我的電話號碼，你如果有什麼事，就打電話給我。」

「好。」

雲泥從廚房出去，玄關的門掩著，蔣予叫來的家庭醫生在外面接電話，客廳放著他的藥箱。

她看著那扇關上的臥室門，在原地站了一下，還是推開走了進去。

床上的人正打著點滴，額頭敷著退燒貼，大約是藥效的作用，他這次睡得有些沉，薄唇不再抿著，眉尖也沒有蹙起。

臥室的面積很大，比起空蕩的客廳，這裡顯然更有生活氣息，但雲泥始終覺得這個家，無論是人還是物件，都透著一種不為人說的孤獨感。

她待了一下，關上門，和蔣予打了聲招呼，下樓回了學校。

李清潭這一覺睡得有些長，大約是昨天想到過去的事情，他也做了一個和過去有關的夢。醒來已經天黑，點滴已經打完，燒也退了，人出了一身汗，睜眼看到坐在床邊的蔣予，還有些沒回過神。

蔣予放下手機湊過來：「醒了？」

他剛醒，還帶著高燒之後的虛弱，渾身軟綿綿的沒什麼力氣，嗓子也還是啞的，「幾點了？」

「剛八點。」蔣予說：「你都睡一天了，再不醒，我就要打求救電話了。」

李清潭撐著手臂坐起來，「有水嗎？」

「有。」蔣予起身出去幫他倒水：「還有粥，你要吃嗎？」

他閉了閉眼睛：「好。」

蔣予去盛了碗白粥，又倒了杯溫水：「先喝點水。」

李清潭接過去，一口氣喝了大半杯，緩了緩，才端起碗，吃了一口粥，問：「你熬的？」

「可能嗎？」蔣予把水杯放到桌上：「學姐熬的。」

李清潭愣住了。

蔣予笑了一下：「你半夜傳的那則訊息傳到你學姐手機上了，她早上過來找我，後來我聯絡到你，想著你生病要人照顧，就找學姐一起過來了。」

「她人呢？」

「回去了啊。」蔣予說：「幫你熬了粥，中午還幫我做了頓飯，照顧你好半天才走。」

「還幫你做飯了？」

「嗯啊。」

李清潭放下碗：「你真行。」

「怎麼，不行啊？」

「你就不能出去買嗎？」

蔣予急了：「那還不是為了照顧你，我為了來找你飯都沒吃！就你家那冰箱，那麼多東西就找到一個蘋果，學姐是可憐我，才做飯給我吃的。」

他越說越委屈，李清潭忍不住笑了：「欸，好了，你可千萬別哭。」

「誰他媽哭了。」蔣予有點來勁了：「李清潭，你這人真沒良心，我這麼費盡心思還蹺課過來照顧你，吃你學姐做的飯怎麼了，我不能吃嗎？」

「能吃，是我說錯了，我道歉。」李清潭笑得咳起來，蒼白的臉也因此有了些血色。

「好好好，原諒你了。」蔣予皺著眉把水杯遞給他，「不知道的還以為我對你怎麼了。」

李清潭接過去喝了一口，掀開被子下床。

蔣予：「你幹嘛？要什麼我幫你拿就好了。」

「上廁所。」

「……」

李清潭睡了一天，頭昏腦脹的，在廁所裡洗了把臉才出來，走到床邊拿起手機。

他點開半夜那則傳錯的訊息，想起之前在半夢半醒間抓住那隻手。

原來不是夢啊。

蔣予端著碗出去：「你回個電話給學姐吧，她晚上還問了你的情況，我說你還沒醒。」

「嗯。」李清潭坐在床邊，找到雲泥的手機號碼撥了出去。

他沒注意時間，等到電話接通才意識到這時應該是晚自習，剛要掛，聽筒裡已經有了動靜。

『李清潭？』她聲音很輕，背景音有些吵。

「是我。」李清潭看了眼床頭的鐘，「妳沒上自習？」
『沒，在操場，你好點了嗎？』
「好多了，妳怎麼這個時間還在操場？」
『在外面打雪仗。』三天假期的時間，學校的操場積雪成堆，晚上不知道哪個班的男生吆喝著出來打雪仗，差不多整個高三年級都跑了出來，教務主任過來喊了幾遍也沒用。
雲泥捏著手機，往旁邊走，迎面倏地砸過來一個雪球，「咚」地一聲，又冰又涼。
她輕「嘶」了聲。
「怎麼了？」
『被砸到了。』雲泥拍掉頭髮裡的雪，走到角落的位置：『我幫你熬了粥，你吃了嗎？』
「吃了。」李清潭低笑了聲：「那妳先玩吧，我沒什麼事。」
『好。』雲泥屏息著，想等他先掛電話，可十幾秒過去，她拿下手機，螢幕顯示還在通話中。
『李清潭？』
「嗯？」
『你怎麼沒掛電話？』
「我以為妳會先掛。」
他聲音低低的，尾音還有些沙啞，雲泥倏地想起之前他拉著自己手的模樣，不由自主地放軟了語氣：『那我掛了啊。』

「嗯。」

李清潭在家休養了一週，回學校那天頭髮長到快要戳眼睛，他在學校門口隨便找了家理髮店剪短了。

他不是容易留疤痕的體質，之前打架留在額頭上的那個傷疤已經淡了很多。

大約是因為何楚文這次幫他瞞了吳征的事情，元旦他回北京那幾天，李鐘遠也沒問他這個傷口是怎麼來的。

新一週開始了，天氣也更冷了，路上的行人都全副武裝，只露一雙眼睛在外面。

今天是週五，前兩天盧城斷斷續續下了幾場雪，學校操場的積雪還沒處理完，本來體育課已經取消，李清潭在教室睡了五分鐘，又被蔣予叫起來：「老周叫我們操場集合！」

他不為所動：「說我請假了。」

蔣予見招拆招：「你是不是忘了我們體育課是跟高三同一節的？」

李清潭仍舊趴在那裡沒動，過了幾秒，他抬起頭，起身拉上外套拉鍊：「走吧。」

「……」

操場上。

同一節體育課的班級很多，三個年級都有，這節是二班這學期也是高三這一年最後一節體育課。

汪平為了不讓他們留遺憾，和其他班同節課的體育老師安排了一場打雪仗活動。

三中文理班級數量懸殊，最後高一和文組班為一隊，剩下的所有理組班為一隊。

汪平捏著哨子道：「跑的時候注意點別摔倒，不准往雪球裡塞石頭和其他東西，友誼第一，比賽第二。」

話音落，哨聲響，場面頓時亂成一團，雪球滿天飛，那些青澀的少年和少女，在奔跑和打鬧中曖昧叢生。

雲泥前幾天才被方淼拉著放開手腳玩了一場，回去之後手腕疼了好久，這次沒敢怎麼動，悄悄從人群裡溜出來。

但人實在太多了，這種混亂的場面其實打到最後也分不清誰是敵是友，她後背接連挨了幾個雪球。

一個不留神，腦袋也被砸中，雪球散開掉在睫毛上，她一邊低頭撣雪，一邊往外走。

忽地撞到一個人，手指碰到對方冷冰冰的拉鍊。

雲泥抬起頭。

少年理了頭髮，露出輪廓分明的眉眼，低頭看著她時，眼裡一如既往地帶著笑。

「學姐。」

雲泥剛要說話，卻見他抬頭往後看了眼，神色倏地一變，抬手抓著她的肩膀，身形在她眼前一晃。

兩個人的位置在瞬間調換過來，從遠處飛來的一團雪砸在李清潭的後背上。

雲泥被他護在懷裡，從他身上窸窸窣窣落下的雪花全掉進她脖頸裡。

李清潭鬆開手，沒顧得上和她說話，彎腰隨便握了一團雪，朝著蔣予丟了過去。

一個又一個，速度很快。

「欸欸欸，李清潭你冷靜一點。」蔣予邊跑邊往雲泥這邊躲，抓著她一隻手臂喊「學姐救命」。

雲泥看著步步緊逼的李清潭：「你要不要——」

話還未說完，整個人猝不及防地被人從後面一推，腳步踉蹌了下，徑直朝著李清潭撲了過去。

那一瞬間，雲泥清楚的看見他眼裡的驚訝。

李清潭被她撞得踉蹌著往後退了兩步，但還是沒站穩，整個人直接往後一仰，倒在了雪堆上。

她也慣性地倒下去，額頭重重地磕在他的下巴上，耳邊是他忍不住發出的悶哼聲。

兩個人疊方塊似地躺在地上，四周是奔跑走動的腳步聲。

雲泥愣了幾秒，才手忙腳亂地從他懷裡爬起來，無處安放的手在一瞬間沒找到施力點，整個人又朝著他倒下去。

這一次，是臉朝著臉倒下去的。

兩個人的距離在一瞬間被拉到很近，近到雲泥在這樣嘈雜吵鬧的環境裡都能聽見他的呼吸聲。

四目相對的那一秒，周圍的動靜好像都消失不見。

雲泥也是在那一刻才知道，原來人的目光也是有溫度的。

它灼人發燙，讓人心動。

不知道過了多久，雲泥聽見方淼在叫她，猛地回過神，忙不迭地從李清潭懷裡爬起來。

她呼吸有些急，臉也很紅：「我先走了。」

他沒來得及說話，只聽見逐漸遠去的腳步聲。

天空又開始落雪，李清潭乾脆躺在雪地裡沒有動，看著一片片不同形狀的雪花落下。

他想起先前的畫面，慢慢閉上眼睛，笑了一聲。

體育課結束，雲泥和方淼去學生餐廳喝粥。

路上，雲泥總是分神想起那一秒的對視，以及那一刻從男生身上傳出的溫度和氣息，方淼說了什麼，她一個字都沒聽見，直至聽見那個熟悉的名字——

她眼皮一跳，問：「誰？」

方淼突然被打斷話，頓了頓道：「嗯？什麼？」

「妳剛剛在說什麼？」

「說之前妳住院的時候送果籃給妳的那個男生啊。」方淼看著她：「我後來不是在學校門口見到他穿著四中的校服嗎，就找那邊學校的朋友打聽了一下。那個男生叫鐘焱，也是高三的，不過他好像在四中的名聲不太好，也不怎麼去學校，所以知道他的人不多，妳認識他嗎？」

「認識，之前我被職高的人找麻煩，就是他救我的。」雲泥皺了皺眉：「他怎麼會送果籃給我？」

「可能是覺得妳是因為之前救了他所以才會被職高的報復，他心裡過意不去，特意送個果籃來表示感謝？」

「也許吧。」畢竟事情已經過去，她和鐘焱之間也不存在誰欠誰，雲泥也沒想著再去招惹他。

可那個時候的雲泥並不知道，這世上有很多事情都是有因果輪迴的，很多時候事情的結局總是事與願違多於如願以償。

當她深諳這個道理時，一切都已經來不及。

轉眼，半個月過去。

一月中旬，所有高三班級都結束了最後一節體育課，隨之而來的是整個學期最後一場考試。

高三比其他兩個年級先結束期末考，考試結束之後又在學校多上了一個星期的課，直到小年夜前一天上午才放假。

那天正好是高一高二拿成績單的日子。

雲泥從教學大樓出來，看到高二和高三兩棟教學大樓之間的廣場上放著年級大榜。

那時已經沒多少學生，她抱著一疊試卷走了過去。

高一的年級大榜在左邊，高二文組在中間，理組在最左邊，雲泥從第一名看到第一千名，唯恐自己看漏了，又從頭看了一遍。

確實沒有李清潭的名字。

高二理組班總共有一千五百三十名學生，最後五百名單獨在一頁，李清潭排在那一頁的第一百個。

成績自然也是慘不忍睹。

雲泥看到兩位數的理綜，忍不住輕吸了口氣。

這麼差嗎。

她笑了一聲，抱著試卷走了。

不遠處的高二教學大樓，李清潭跟在李明月身後從班導師辦公室出來，姐弟倆走到雲泥之前站過的地方。

李明月掃了眼年級榜，輕笑：「你還真厲害。」

「……」李清潭抬手摸了摸臉，沒說話。

李明月收回視線往外走，「你是今天跟我一起回北京，還是要待幾天再回去？」

「過兩天吧，我自己回去。」

「有事啊？」

「沒，我就是不想那麼早回去。」

李明月了然：「隨便你，但也不要太晚了，今年我們去爺爺家吃年夜飯，你要是再像去年那樣元宵節才回來，不管爸說什麼做什麼，我都不會再幫你了。」

李清潭「嗯」了聲：「今年不會了。」

「……」李明月拉開車門，想了想還是叮囑道：「不管在哪裡，都不要做最差的人，有成績才能有底氣爭取自己想要的東西，知道嗎？」

他愣了下，垂眸說：「知道。」

「那我走了，你早點回來。」

「好。」

李清潭站在原地看著車開遠，走到路邊一家超市買了包菸，出來在街角站了一下，才攔計程車離開。

小年夜當天，李清潭關了手機在家裡睡了一天，阿姨早上悄悄來傍晚又悄悄走。

睡到半夜，他突然從夢中驚醒，睜眼是一片黑暗，四周流動著地是隨處可見的安靜。

夢裡發生的一切都太過清楚和深刻，他不敢再閉上眼睛，生怕那些血紅的畫面再次充斥整個腦海。

窗外傳來此起彼伏的車流聲，李清潭躺在床上放空，好半天才爬起來在客廳找到菸和打火機。

他坐在那扇乾淨明亮的落地窗前，指間的菸忽明忽暗，青白的煙霧暈染著畫面。

從二十三層的高樓能看到很遠的地方，高架上連綿的車燈，鱗次櫛比的大廈，馬路上如螻蟻般的行人。

這遠不是李清潭記憶裡的廬城。

他就這樣在窗前坐了一夜，等到天邊泛白，才將手中未燃盡的菸頭按滅在已經堆滿了菸頭的菸灰缸裡。

李清潭起身從地上站起來，打開客廳角落的窗戶，冷風吹進來，散去幾分嗆人的菸味。

他回房間沖了澡，換了身乾淨衣服，拿上手機出門。

早上六點，太陽還沒爬上來，城市霧濛濛的，李清潭從花店裡出來，在路邊攔了輛計程車。

司機一聽他要去的地址，臉上燦爛的笑容立刻僵住，餘下的路也不再像之前那樣和乘客閒聊。

遠離了熱鬧喧囂的市區，四周的建築逐漸變得低矮，道路也越發寬闊，李清潭坐在後排，擺弄著手機，沉默不語。

抵達目的地是一個小時後的事情。

李清潭從車裡下來，迎面而來的冷風凜冽刺骨，他收緊了衣領，拿著花束在門口登記了姓名，又買了些紙錢。

他沿著林蔭小道一直往前走到裡面，停在最後一處墓碑前。

李清潭將手裡的白色百合放在一旁，抬頭看著鑲在碑上照片裡的年輕女人，低聲說：「媽，我來看妳了。」

城市的另一邊。

雲泥一早接到雲連飛的電話，他因為之前請假耽誤了幾個工，要到年三十當天才能回來。

父女倆也沒什麼話聊，交代幾句就掛了。

那一天是二〇一三年的二月四日，立春。

廬城的氣溫卻沒能跟上節氣轉變的速度，依舊在零下，但好在是晴天，沒有之前那麼冷。

雲泥在群裡看到附近的麥當勞在招學生打工，中午吃過飯，簡單收拾了下就過去面試。

她去的時間不湊巧，正好是店裡最忙的時候，加上來面試的學生很多，一群人擠在二樓的小辦公室裡。

等了一個多小時，進去填了張表，走之前，雲泥看見店長在那張表上打了個勾。

她放下心，從店裡出來順路去附近超市採購年貨。

臨近春節，超市裡人山人海，彷彿下一天就是世界末日，貨架上的東西空了又補，補了又空。

雲泥提著一大包購物袋，沿著人行道往回走，在社區門口的梧桐樹下看見那道熟悉的身影。

男生高高瘦瘦的，穿著黑色的羽絨外套，裡面是件同色的襯衫，褲子是湖藍色的牛仔褲。

他像是等了好久，眼睛都被風吹紅了。

「李清潭？」雲泥靠近了，手裡的東西太重勒得手疼，她換了隻手問：「你怎麼在這裡？」

「正好路過。」李清潭說：「我明天就要回北京了。」

「嗯？」她心跳一抖。

「回去過年。」他笑了笑：「過完年還回來。」

她想到什麼，沒滋沒味地「哦」了聲。

兩個人沉默著對視了幾秒，李清潭突然說：「妳吃飯了嗎？」

「吃了。」雲泥愣了下：「你還沒吃嗎？」

「沒。」

手裡的東西實在太重，雲泥彎腰放在腳邊，捏著被勒紅的手心，「那你要不要去吃點東西？」

「我不知道吃什麼。」李清潭看了看附近，「這周圍有什麼好吃的嗎？」

現在都已經三點多了，社區附近很多館子都剛歇業或者是還沒營業，雲泥被他問得答不上來。

她想了想：「算了，你跟我來吧。」

李清潭「哦」了聲，搶在她之前拎起地上的袋子，跟著一起進了社區。

社區的白天和夜晚差別很大，唯一沒什麼區別的就是那條坑坑窪窪的水泥路。

還是之前那棟公寓大樓。

李清潭上樓時才想起來問：「妳家裡有人嗎？我這麼過來會不會不太好？」

雲泥拿鑰匙開門：「沒人，我爸還沒回來。」

「叔叔什麼時候回來？」

「大年三十那天。」雲泥開了門，走進去，看他還站在門口，說：「不用換鞋，直接進來吧。」

「哦。」

這是一間比李清潭想像中還小很多的屋子，一房一廳的格局，布置很簡單，但隨處可見生活的氣息。

「隨便坐。」雲泥拿了個杯子：「喝茶還是白開水？」

「不用，我不渴。」李清潭把手裡的購物袋放在牆角的位置，走到沙發旁坐下。

雲泥還是幫他倒了杯白開水，問：「你想吃什麼？」

他捧著杯子，倒也不客氣：「麵可以嗎？」

「可以，那你先坐一下。」雲泥提著袋子進了廚房，李清潭放下杯子跟著走了過去。

廚房的空間更狹窄。

他靠著廚房門站在那裡，陽光從窗戶落進來，她在光影裡轉頭問他：「雞蛋要吃蛋花還是整顆的？」

李清潭像是在出神，愣了幾秒才說：「都可以。」

雲泥沒再說話，他微微撇開頭，眼眶泛著溫熱，怕情緒洩露，轉身離開了廚房。

他在客廳轉了一圈，最後停在掛著很多照片的那面牆壁前。

照片裡記錄著雲泥的童年，李清潭看得很仔細，目光停在其中一張。

——女生穿著芭蕾舞的舞蹈服，俯身湊在鏡頭前，手裡舉著一張證書和獎盃，笑得很開心。

李清潭又湊近看。

證書上的字樣已經有幾分模糊，但不難看出獲獎人姓名那一欄寫的是雲霓二字，而非如今的雲泥。

他還沒來得及細想，聽見身後的動靜，又裝作若無其事地收回視線，轉身往旁邊走了兩步。

幾秒的時間，雲泥端著麵從廚房出來：「吃飯了。」

他應了聲，走到桌旁坐下，偶爾抬頭看著坐在對面玩手機的人，想了想，還是什麼都沒問。

那天，李清潭在那裡一直待到天快黑才離開，雲泥下來丟垃圾，順便送他去社區門口坐車。

車來了，他和她道別：「明年見。」

雲泥笑了下：「明年見。」

車子逐漸駛離，李清潭從後視鏡看著那道逐漸變得渺小的身影，心裡湧上一種名為不捨的情緒。

李清潭曾經在這座城市生活了六年，一朝離開，再回來時，這座城市已經不復往日的模樣。

時隔十二年，廬城帶給他的只有陌生，那些他曾經熟悉的低矮民宅，走過的每一條小巷，都只能在回憶裡找尋。

他孤身一人，在這座城渾渾噩噩的活著，像是人世間的一抹遊魂。

直到來了廬城的第二年，李清潭在偶然間遇見了一個人，她讓他重新在這座曾經生活過的城市找到了歸屬感。

他不捨離開，也開始想要的更多。

第八章　校慶

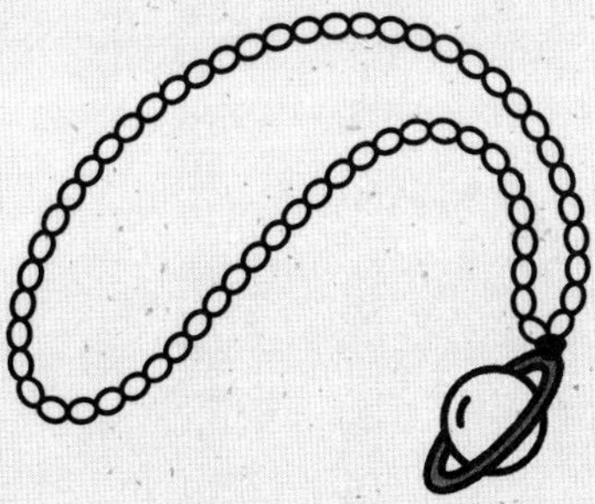

除夕當天，雲連飛火車晚點，過了中午才到家。

那一天是二〇一三年的二月九日，雲泥白天在麥當勞打工，下午兩點多才下班。

雲連飛已經在家備好了東西，雲泥回去換了身衣服，和父親一起出門去鄉下幫母親掃墓。

徐麗去世那一年，正是家裡最難的一年，雲連飛連一塊像樣的墓地都買不起，只好將妻子帶回鄉下入土為安。

回鄉的班車沒多少人，雲泥坐在靠窗的位置，看著窗外逐漸開闊的視野，和父親陷入同樣的沉默裡。

每年回去的這趟路，都是父女倆最默契的時刻。

下了車，要沿著田埂走很長一段路，雲連飛提著東西走在前面，身影一瘸一拐。

雲泥上前一步，接過他手裡的東西：「我來拿吧。」

「沒事，這麼點東西，能有多重。」話雖這麼說，但雲連飛還是鬆了一隻手。

走到徐麗的墓前，父女倆一個收拾墓旁的枯枝落葉，一個蹲在那裡燒紙錢，也不怎麼說話。

燒完紙錢，雲泥對徐麗磕了三個頭，和之前一樣起身往遠處走了走，讓雲連飛和母親說點話。

冬天的傍晚來得格外早。

雲泥站在一望無際的田野旁，回頭看了眼父親有些佝僂的背影，心裡猛地一陣發酸，鼻子也跟著酸了起來。

她挪開視線，又往前走了幾步。

過了好長一段時間，雲連飛才跟上來，眼眶又紅又溼，聲音也有些沙啞：「走吧，回去了。」

「哦，好。」

等再重新回到市裡，天色已經完全黑了，社區裡點著紅燈籠，家家戶戶都亮著闔家團圓的燈光。

菜是一早就買好的，到家之後，雲泥換了件外套，穿上圍裙在廚房擇菜洗菜，雲連飛洗了把臉，跟著走進來。

他拿下掛在牆邊的另一件圍裙，「買了什麼菜？」

「雞、魚、豬肉，還有些蔬菜。」兩個人的年夜飯也吃不了多少東西，雲泥買的並不多。

雞昨晚就燉好了，雲連飛捲起衣袖開始處理魚，說話聲伴著水聲：「杭州那個工程還差個尾，初八我要過去一趟，大概三月初才能回來。」

「那之後你還出去嗎？」

「妳升學考之前都不出去了，要是妳之後考到別的城市，我就乾脆不出去了。」他關了水龍頭，「畢竟這家裡總要留個人。」

雲泥「嗯」了聲，繼續洗菜。

吃飯是一個小時後的事情，家裡只有兩個人，但桌上依舊擺了三副碗筷，電視機放著春節節目。

父女倆吃著看著，偶爾聊兩句。

等到吃完飯，雲連飛在廚房洗碗，雲泥去樓下丟垃圾。

這一年，禁燃令還沒完全實施，遠處鞭炮聲此起彼伏，天空時不時冒出幾朵煙火。

她站在樓梯間看了一下煙火才上樓。

雲連飛已經收拾好，泡了杯茶坐在客廳看節目，雲泥洗了手，拿著手機坐到沙發的另一側。

方淼今年和父母去了國外度假，一通視訊電話打過來。

雲泥和她聊了一下，等再抬起頭，雲連飛已經靠著沙發那一側睡著了，手裡還拿著半個沒吃完的橘子。

她放下手機，起身走過去：「爸？」

「嗯？！」雲連飛陡然一驚醒，目光還未清明，抬手抹了把臉：「我睡著了啊，幾點了？」

「十一點了。」雲泥拿掉他手上的橘子，「您去裡面睡吧，今晚我睡客廳。」

「沒事，妳進去睡吧。」他揉著肩膀，起身把茶几往前面推了推，將沙發攤平，就成了床。

家裡只有一個房間，雲連飛每次回來都是在客廳睡，雲泥拗不過他，只好去幫他拿了被子和枕頭，「那您早點休息。」

「好。」

雲泥進了臥室，關上門坐在桌旁。

這個時間，外面依舊到處都是劈裡啪啦的動靜，她還沒什麼睏意，拿了張試卷攤在桌上。

她的生活好像一直都是這樣，枯燥又無聊。

寫了半個多小時的卷子，快到十二點，外面放鞭炮煙火的聲音小了許多，雲泥拿起手機，才看到有好幾個李清潭打來的電話。

她很少有和別人打電話的習慣，每次放假，方淼知道她要打工很忙，都只會傳訊息。

和雲連飛的聯絡也都固定那幾天。

手機通訊錄裡，聯絡人也寥寥無幾。

她握著手機，趕在十二點來臨之前，回了一通電話過去，嘟聲漫長，等待總是著急又緊張。

『學姐？』

還是熟悉的嗓音和稱呼。

「是我。」雲泥一手握著手機，另隻手無意識在桌上畫著圈，「剛剛在寫試卷，手機開了靜音。」

他笑了一下，『這麼勤奮？』

「反正也沒什麼事情。」她想到他兩位數的理綜成績，不知道他怎麼能這麼淡定和安穩，「你找我有什麼事情嗎？」

李清潭站在窗前，對面就是師大的教學大樓，他拿手丈量了下高度，問：『就一定要有事才能打電話給妳啊？』

「……」雲泥一噎：「我也不是這個意思，看你打了那麼多通，我以為有什麼要緊事。」

『沒什麼要緊事。』

「哦。」

『就是想打電話給妳，不行嗎？』

雲泥心裡一緊，握著手機，唇瓣動了動，沒接上話，他也沒急著再開口，聽筒裡一時間只剩下彼此的呼吸聲。

她不小心摳掉桌角一塊小木屑，才輕聲說：「沒什麼不行的。」

李清潭又笑了下，拿起桌上的手錶，離十二點還有兩分鐘，他倚著桌邊，等著秒針轉完最後兩圈。

最後十秒。

『學姐。』

「嗯？」

李清潭原本想掐著時間說一聲「新年快樂」，但他沒想到在他開口的同一瞬間，聽筒裡忽地傳來一陣很近的鞭炮聲。

『……』

「……」

是雲泥這邊傳出的動靜，社區裡大概有人蹲著十二點這個時間出來放鞭炮和煙火。

還不只一戶。

聲音一直持續了很久，但兩個人誰也沒掛掉電話，明明隔著很遠的距離，可在這一刻，又好像是兩個人在一起看了同一場煙火。

等到徹底安靜下來，已經過了十多分鐘。

李清潭有一陣子都沒說話，半晌才開口：『學姐。』

她應了一聲。

『新年快樂。』他頓了下，而後用很認真地語氣說道：『希望妳在新的一年，一切順利。』

雲泥這次真的笑了出來：「我希望你也是。」

那一天，窗外很遠的地方一直有煙火聲傳來，整座城市都沉浸在辭舊迎新的歡樂中。

新的一年真的來了。

年初八，雲連飛一早趕回杭州，雲泥起床時客廳的沙發床已經歸置成原來的樣子，被子和枕頭疊好放在一旁。

茶几上有雲連飛留下的紙條。

——同事買了最早的火車票，看妳還在睡就沒叫妳，鍋裡有煮好的麵，妳熱一下。

落款是父留。

她攥著紙條，看著空蕩蕩的客廳，心裡湧上一陣悵然若失的情緒，但好在這只是一時的。

畢竟這麼多年，離別和孤獨對她來說都是常態。

餘下的幾天假期，雲泥和往常一樣，白天在麥當勞打工，晚上回來寫卷子，唯一不同的是，在這樣寡淡如水的日子裡，她和李清潭始終保持著不頻繁但卻很連續的聯絡。

通常都是在傍晚。

他拍來幾張北方城市的雪景，和她分享在暖氣房裡穿短袖吃雪糕，出門卻要裹得很厚的趣事。

那時她正好在下班的路上，會匆匆回一句「剛下班，很冷，不想拿手機，回去再聊吧」。

而他總是掐著時間問到家了嗎。

雲泥換了拖鞋，放了壺水在燒，坐到客廳沙發上回訊息給他。

『到了。』

他又問。

『晚上吃什麼？』

『吃飯。』

『……』

雲泥隔著螢幕都能猜到他肯定又在笑，想了想，又補了一句。

『不用這麼詳細，說得我都有點餓了。』

『蛋炒飯，還有雞湯。』

雲泥笑了下。

『那你怎麼還不去吃飯？』

『晚上要出去吃，七點才開席。』

兩個人以吃飯這個話題斷斷續續聊了半個多小時，最後結束在李清潭的「我要出門了，回頭再說」這句當中。

水也燒開了。

雲泥起身倒了杯熱水，站在桌邊一小口一小口喝完，最後又回到和之前一樣的生活裡。

李清潭是在開學前兩天回到盧城，吳征的案子開庭，他和何楚文一起出庭旁聽。

一錘定音，吳征被判入獄兩年，而他那些所謂的朋友，也都受到應有的懲罰。

吳家人在庭上情緒失控，嚎啕大哭的是吳征的母親，滿面怒氣的是他的父親，何楚文拍拍他手臂：「走吧。」

李清潭起身跟著他從一旁走出去，將這混亂的一切拋下。

廬城早已立春，連雨水也剛下過，天空徹底放晴，洋洋灑灑的暖陽鋪滿整座城市。

李清潭長舒了口氣：「何祕，這件事謝謝您。」

「不客氣。」何楚文提著公事包，坐進車裡時，他其實猶豫了下，想問李清潭這個結果會不會有點過分了。

但他說白了也只是一個打工的，說再多，倒顯得立場不正，轉而道：「要不要送你回去？」

「不用了，我自己回去就行。」

「那好，有事聯絡我。」

「嗯。」

李清潭沿著人行道走了一下，旁邊月臺進來一輛熟悉的1路公車，他想也沒想，跟著人群上了車。

公車一路穿過大街小巷，走走停停，他下車時車廂裡已經沒多少人。

李清潭站在下車的那個月臺角落，拿著手機和人傳訊息，旁邊有女生湊過來，聽意思是想要聯絡方式。

他露出一個略帶歉意的笑：「不好意思，我有約了。」說完，他走下臺階，穿過馬路，走進一旁的老社區裡。不遠處，公車駛離月臺開向遠處，車尾氣捲起一陣灰塵，恰好又颳來一陣風。那些塵埃漂浮在乾淨透澈的光影裡，久久未能落定。

雲泥收到李清潭訊息時，才剛剛起床，昨天是她在麥當勞最後一天打工，也是第一次上晚班。

這個時間外面的天很亮，太陽已經升起。

她回完訊息，拉開冰箱看了眼，這兩天都很忙，也沒什麼時間去超市，家裡也只剩下幾根蔥和兩顆雞蛋。

雲泥關上冰箱門，走到臥室穿了件外套，剛換好鞋，聽見敲門聲，走過去開了門。李清潭看她一副要出去的樣子，怔了下：「妳等一下有事啊？」

「沒事，家裡沒吃的了，去趟超市。」雲泥拉開抽屜：「要一起嗎？你不去的話，我就不帶鑰匙了。」

「那還是帶著吧。」

社區門口就有一家生活超市，雲泥在門口推了輛車，聽李清潭提起吳征的事情。

「他要坐牢了？」

「嗯，判了兩年。」李清潭逛超市的次數很少，基本上每次都是和宋家兩兄妹一起。

想到宋枝，他又想起什麼：「妳這學期還要幫宋枝補課嗎？」

雲泥搖頭，上學期的補課在寒假前已經結束，接下來這幾個月是重要階段，她不想太分心。

李清潭說完也意識到開學之後，距離升學考就只剩下四個月，而在那之後，他很快就要離開這座城市。

那她呢？

會留在這裡，還是去其他的城市，離他越來越遠，最後彼此淪為通訊錄裡不再聯絡的兩個人？

氣氛倏地沉默下來。

雲泥還未察覺，伸手扯了個塑膠袋，回頭問他：「你想吃什麼？」

他收起心頭湧起的那一陣綿長的感傷，目光看了眼四周，說：「我都行。」

雲泥覺得這個回答太隨便，又換了個問法：「那有什麼是你不吃的嗎？」

李清潭這次沒再隨便回答，認真想了一下才說：「我不吃香菜、韭菜、蘑菇、胡蘿蔔、青椒、洋蔥、動物內臟、還有帶殼的東西，也不是不吃，我就是懶得剝殼，還有——」

他還要說下去，雲泥及時打斷道：「你再說下去，我們中午就沒什麼可以吃的了。」

「……」

最後雲泥沒再問他的意見，自己挑著買了些家常菜，結帳時，李清潭搶著買單。

他拿起收銀員找回的硬幣：「裡面有好多零食都是我要買的，菜沒花多少錢，況且也是我要來找妳吃飯的，這麼點事情妳就不要跟我爭了。」

雲泥妥協道：「好吧。」

回去之後，雲泥拎著菜去廚房。

她要先處理那一斤蝦，因為李清潭不吃帶殼的東西，挑完蝦線，她又特意剝出蝦仁，打算用來炒花椰菜。

兩個人吃不了多少東西，雲泥準備再炒一盤豆角肉片，外加一個紫菜蛋花湯。

她在廚房忙的時候，李清潭就站在門邊，一下過來幫忙遞個盤子，一下又幫忙拍蒜，儘管他會把蒜拍得到處都是。

廚房空間有限，雲泥有時候轉身丟個東西就能碰到他，過近的距離讓她處處受限制。

她抬手開了抽油煙機，問：「你要不要出去坐著看一下電視，等弄好了我叫你。」

李清潭：「我想待在這裡。」

「那你往旁邊站。」雲泥收回視線，輕聲笑：「你在裡面有點礙事。」

「……」

三個菜弄起來也不是很慢，但因為買菜買得晚，等吃到飯也是十二點之後的事情。

吃完李清潭主動要求去洗碗。

雲泥沒拒絕，「牆上有圍裙，會穿嗎？」

「會。」

李清潭脫了外套，捧著一疊碗筷進了廚房，雲泥看他那樣子也不像是生手，就沒太在意。

但等她一進臥室，就聽見廚房傳來一聲脆響。

「……」

雲泥放下手裡的東西，快步走出去。

廚房裡，李清潭站在水槽旁，腳邊是一個碎掉的碗，他顯然還沒反應過來，手臂抬著，手上都是泡沫，一臉無辜的看著雲泥。

「就……手滑了。」

雲泥笑嘆：「我知道了，手沒割到吧？」

「沒有。」

她走過去，撿起地上大一點的碎塊，找到一個塑膠袋裝起來，又拿掃把將更碎更小的碎塊掃起來倒進去。

雲泥綁好袋子，站起來問：「還能洗嗎？」

李清潭：「能。」

「那你繼續。」走出去之前，雲泥半開玩笑似地說：「我家裡沒多少碗了，你別再摔了。」

「……」李清潭抿了抿唇，轉過去繼續洗，只是動作小心的堪比在修復什麼文物一樣慎重。

窗外陽光大好，他聽見從客廳傳來的走動聲，在「嘩嘩」地水流聲裡，忽地笑了一下。

洗完碗，李清潭走出來在外面水槽重新洗了次手，沒找到毛巾擦手，他就隨便甩了甩。

「學姐。」

雲泥拿了張卷子在對答案，聞聲抬起頭：「怎麼了？」

「我想喝水，有杯子嗎？」

「有，我拿給你吧。」雲泥停下筆，去廚房拿了個乾淨的玻璃杯，「白開水可以嗎？」

「可以。」

李清潭接過她遞來的水，走到沙發旁邊坐下，看到她攤在桌上的試卷，伸手拿了起來。

雖然雲泥知道這樣說不對，但看他盯著試卷看得入神的模樣，想起他兩位數的理綜成績，還是開玩笑似地問了句：「你看得懂嗎？」

「……」

這話就有點傷人了。

李清潭放下卷子，從桌上拿了支鉛筆，「有沒有計算紙？」

「有。」雲泥翻出一本沒怎麼用過的筆記本拿給他，「怎麼，你要做這張卷子嗎？」

「嗯啊，不行嗎？」

「可以。」雲泥把茶几一半的空間留給他，坐在沙發另一側，繼續對之前的答案。

客廳南北通透，陽光貫穿了整間屋子，兩個人各占一端，沒有交談，只剩下筆尖擦過紙頁「唰唰」的聲音，落筆的速度很快。

雲泥對完一張卷子的答案，抬頭看了眼李清潭。

他沒趴在桌上，卷子放在一旁，計算紙墊在腿上，微低著頭，手裡的動作不停。

側臉被光線勾勒出一道很好看的弧線。

雲泥沒打擾他，從桌上拿了本書，看了一段時間，李清潭停下筆，把試卷和計算紙遞過來，「對一下。」

卷子是空的，他沒在上面留下痕跡，解題過程都寫在計算紙上。

雲泥找到答案對了一遍，覺得有些匪夷所思。

李清潭倚著沙發角，手臂杵著撐在臉側，明媚的陽光落進來，讓他臉上的笑意都明朗了幾分。

「幾分？」

「九十八。」最後一道大題扣了兩分，其他的全對，雲泥放下筆：「所以你期末考試是沒好好答題對嗎？」

李清潭怔了下：「妳看到我成績了？」

「嗯。」她比了比手指：「兩位數的理綜。」

「……」李清潭坐起來：「我那是睡著了，沒認真做。」

「考試還睡覺，你不怕被主任抓到嗎？」

李清潭笑了下，脫口而出道：「抓到也沒事啊，畢竟我也不在這邊參加升學考。」

這話一出，兩個人都愣住了，雲泥好半天才想起來說話：「我忘了，你是北京的戶籍。」

李清潭垂眸，沒說話。

雲泥轉過頭去整理桌上的卷子，「那你怎麼會轉來廬城讀書？」

「在那邊學校出了點事。」李清潭沒細說，只道：「等這學期結束，就要轉回去了。」

「那挺好的。」雲泥笑了下說：「畢竟我們這裡競爭還是蠻大的。」

李清潭「嗯」了聲。

沉默的那一瞬間好像一下子就跳到了六月要離別的時候，李清潭心頭又湧上那熟悉的、綿長的感傷。

他低頭看著地上兩個人的影子，「學姐。」

「嗯？」

「妳想好考哪裡的學校了嗎？」

「沒想過。」雲泥低下頭，笑容很淡：「可能會留在本地，也或許會去其他地方，不過這些都是未知的，還是要看到時候的成績。」

「那妳有沒有……」未說完的話被一通始料未及的電話打斷，李清潭心裡有一絲壓抑的煩悶。

電話是程雲華打來的，她昨天晚上知道李清潭回來，和他說好了今晚來家裡吃飯。

「好，我等等就過去。」

結束通話，再提起之前的話題好像有些突兀，李清潭還沒想好怎麼開口，雲泥先問：「你要走了嗎？」

李清潭點頭，起身穿上外套：「雲姨知道我回來，叫我過去吃晚飯，應該是要出去吃，想讓我早點過去。」

雲泥跟著站起來。

他走到門口換鞋，「有沒有垃圾，我順便帶下去。」

「等下。」雲泥找到裝著碎碗的塑膠袋，叮囑道：「你丟的時候不要扔進垃圾桶裡，放到旁邊的地方就好。」

「知道了。」

雲泥沒往外送，站在門口看他下樓，等關了門，屋裡明明還是和之前一樣安靜，可又好像有哪裡不太一樣。

她坐回沙發處，想起李清潭那句沒有說完的話：「那妳有沒有……」

有沒有什麼呢？

雲泥想不到又隱約能想到，目光落到那張寫滿了數字的計算紙，伸手拿過來。

她想起少年在寫題時旁若無人的模樣，好像確實不太能和兩位數的理綜成績聯想在一起。

但她很快地又想到李清潭並不屬於這裡的事實，就像計算紙上那唯一一個叉號，都是錯誤的、需要被糾正過來的存在。

三月中旬，三中召開高三年級的百日誓師大會，但準確算起來，那時離升學考其實只剩下八十幾天。

雲泥依舊要作為理組班代表上臺演講，不過這次的演講稿是她自己寫的。

因為開學沒多久，方淼之前參加競賽的成績公布，她拿了生物組的一等獎，這陣子正在忙著準備保送的事情，連學校都很少來。

春乏秋睏，正午的陽光曬得人昏昏欲睡，誓師大會的流程冗長而枯燥，雲泥站在人群裡，低頭打了好幾個呵欠。

手機在口袋裡「嗡嗡」震動了兩聲。

她抬頭看了眼在附近走動的教務主任，伸手將手機調成了靜音，等到演講完，才走到隱蔽的地方拿出來看了眼。

是李清潭傳來的訊息。

『今晚還吃學生餐廳嗎？』

『嗯。』

回完訊息，雲泥又走到隊伍裡。

她和班上的同學來往並不密切，方淼一走，她又回到高一那時獨來獨往的狀態。

上週三，雲泥和往常一樣去學生餐廳吃飯，別人都是三兩結伴，襯得她的形單影隻越發明顯。

沒有人幫忙占位，她每次都是外帶了帶回教室，但那天因為人太多阿姨忘記幫她外帶，當時後面還有人排著隊，她也沒說什麼，端著餐盤出來找位子。

那時是吃飯時間，學生餐廳人山人海，基本上找不到空的座位。

雲泥順著走道往前走，在超市門口碰見買完水出來的蔣予，一問發現沒座位，他就帶她去了他們那裡。

蔣予和他同學都已經吃得差不多，本來買了水就要走，但他見雲泥孤零零一個人，又坐了下來。

「你們先回去吧。」蔣予和同學說：「我晚點去球場找你們。」

對方擠眉弄眼，笑得很八卦：「行，那學姐我們就先走了。」

雲泥抬頭應了聲，又看著蔣予：「我很快就吃完了，你跟他們先回去吧，不用管我。」

「沒事，反正我回去也是玩。」蔣予問：「怎麼今天只有妳一個人來學生餐廳，方淼學姐呢？」

「她在準備保送的事情，最近不在學校。」

蔣予雙手墊著下巴搭在礦泉水瓶蓋上，好奇道：「那妳怎麼不和其他同學一起啊。」

「我和班上其他人都不太熟。」雲泥沒再繼續這個話題，隨口問道：「你今天怎麼也是一個人，李清潭呢？」

「他啊。」蔣予坐起來：「他姐來看他，出去吃飯了。」

雲泥點點頭，加快了吃飯的速度，等吃完，她和蔣予一起走出學生餐廳，「今天謝謝你啊。」

「欸。」蔣予笑了聲：「學姐妳這麼說就見外了，隨手的事情而已。」

兩人邊走邊說，走到教學大樓附近，蔣予去球場打球，雲泥回了教室，一切和往常沒什麼區別。

但等到晚自習結束，雲泥卻突然收到蔣予找她明天中午在學生餐廳碰面的訊息。

她以為有什麼事，就沒拒絕。

第二天，雲泥下課耽誤了幾分鐘，到學生餐廳時蔣予已經幫她裝好飯，一起的還有李清潭。

她坐到他們對面，有些疑惑：「你們找我是有什麼事嗎？」

李清潭挑著餐盤裡的青椒沒說話，倒是蔣予輕咳了聲，「我不是要高三了嗎，想好好念書，但找不到什麼念書方法，我看學姐妳成績好像挺好的，就想找妳請教一下。」

「……」雲泥：「你認真的嗎？」

「當然！」蔣予撓了下臉，「我在班上就一直不太會念書，現在想認真又怕別人取笑。不過學姐妳放心，我不會耽誤妳太多時間的，妳就在吃飯的時候跟我說說妳平時都是怎麼念書的就好。」

雲泥猶豫了下，「好吧。」

「那以後每天中午和傍晚我們都在這個位子碰面，妳看可以嗎？」

「可以。」

從那天開始，雲泥每天都會在學生餐廳跟他們碰面，也是從那天起，她沒再一個人吃過飯。

傍晚下課，化學老師拖了一下堂，雲泥出教室時，又收到了李清潭傳來的訊息。

『老位子。』

她沒有回訊息，只是加快了下樓的速度。

李清潭說的老位子就是靠近超市門口的那一區，蔣予和超市老闆娘混熟了，有時候他們來不及過去，老闆娘就會在那張桌子上放點東西，等他們來了再拿回去。

雲泥晚上沒什麼胃口，要了份雞蛋麵，端回來坐下時，李清潭他們才開始動筷子。

吃飯時，蔣予提到下個月校慶的事情，說了一半才想起來：「哦對，你們高三不參加校慶晚會。」

三中建校百年，每年的四月十號是校慶日，學校會安排高一高二年級籌辦一場晚會，觀眾除了兩個年級的學生還有返校參加校慶的歷屆校友。

但這些都和高三無關。

雲泥抬頭問：「你們參加了嗎？」

「我跟李清潭參加了。」蔣予神祕兮兮地：「不過具體表演什麼，現在還要暫時保密。」

「好吧。」

「妳要不要來看我們表演？到時候我讓朋友多弄張票。」

雲泥：「如果那天有空的話，我會去的。」

「好，就這麼說定了。」蔣予先吃完，起身去買水。

雲泥也吃不太下，停下筷子，坐在那裡。

李清潭看她碗裡還剩下一小半，問了句：「妳就吃這麼點？」

「嗯，今天不太餓。」雲泥其實還有點好奇他和蔣予會表演什麼節目，故意探了探他的口風。

誰想李清潭跟蔣予一樣，嘴嚴實得很：「保密。」

「……」

他笑了一下：「妳那天來看不就知道了。」

「好吧。」雲泥其實還想問問，你怎麼會參加這種活動，畢竟在她的印象裡，李清潭不是那麼愛拋頭露面的人。

但這個問題還沒問出口，蔣予就回來了。

她沒再能找到機會開口。

之後的半個月，雲泥變得更忙了，兩天一小考三天一大考，有幾次沒來得及去學生餐廳，李清潭會幫她外帶送過來。

也是在那時候，她才意識到，蔣予找自己請教念書方法只不過是藉口，他們只是不想讓她一個人。

清明節前最後一次週考結束，雲泥和往常一樣，收拾好卷子，準備去學生餐廳吃飯，但還沒出門就被劉毅海叫去了辦公室。

她手機放在口袋裡，一路上都在找機會想跟李清潭說一聲，但直到進了辦公室也沒能找到機會。

劉毅海把剛收上來的卷子放在桌上，走到飲水機前裝了杯水，神色有些嚴肅：「妳是不是談戀愛了？」

「嗯？」

這個問題有些猝不及防，雲泥一下子沒反應過來。

「最近有學生跟于主任舉報，說妳跟高二的那個李清潭在談戀愛，有人已經不只一次看過你們單獨走在一起。」劉毅海說：「我知道妳的人品和性格，所以沒跟妳拐彎抹角，也沒去找其他人驗證這件事，同樣的我也希望妳跟我說句實話，妳是不是在跟他談戀愛？」

雲泥抿了抿唇：「沒有。」

「既然妳說沒有，我就當妳沒談。但我還是那句話，妳已經高三了，有些事情該做不該做，妳心裡要有數。況且，李清潭的戶籍並不在這邊，他高三是要轉回去的，以他的出身和家境，就算他不努力，未來也是一片坦途，可妳跟他不一樣，妳需要升學考來往上走，我不希望妳在這個時候出任何差錯。」劉毅海沉著聲：「這段時間妳就不要再和他來往了，于主任那邊我會去解釋，離升學考沒幾天了，別再想一些有的沒的，知道了嗎？」

她垂著眸，沒什麼神情的說：「我知道了。」

從辦公室出來，雲泥站在空無一人的樓梯間，從口袋裡摸出手機，李清潭傳了好幾則訊息給她。

『今天還是老位子，不過我和蔣予可能會晚一點去，妳到那裡先吃。』

『？』

『妳還在考試嗎，怎麼沒過來。』

『幫妳外帶了一份米線，看妳不在教室，放在妳桌子上了，快點回去吃，不然該涼了。』

雲泥一字一句回覆。

『已經考完試了。』

『剛剛班導師找我有點事，去了趟他的辦公室。』

『我現在回去吃。』

最後一句沒打完，斷在輸入欄裡：『我以後。』以後什麼。

雲泥說不下去了，又一個字一個字刪除，迎面有老師走來，她收起手機，快步下了樓。

回到教室，她在桌上看見李清潭送來的米線，拆開吃了兩口，心裡忽地湧起一陣強烈的難過。

清明節後，李清潭臨時換了校慶表演的內容，連著三天上午最後一節課都和蔣予在學校禮堂後面的空教室排練。

幾次下來，雖然不到正式表演的程度，但不停歇地排練，也還是讓他和蔣予都累得不輕。

離下課還有幾分鐘，教室裡的音樂聲停了下來。

蔣予身上全是汗，襯衫黏著後背，虛脫似地坐在地上，大口喘著氣：「唉，真累。」

李清潭放下鼓棒，額間也出了一層汗。他起身走到一旁從箱子裡拿了瓶水丟給蔣予，自己靠在窗邊透氣。

這棟大樓是三中廢棄的一棟老教學大樓，因為沒來得及拆遷，就成了學校美術生的公開基地。

外面的圍牆上還留著一屆又一屆美術生留下的塗鴉。

平時學校有什麼活動時，這裡也會成為臨時的排練室，今天不只他們兩個人在這裡訓練。

這時停下來，還能聽見其他教室傳來的動靜。

這棟大樓遠離教學區，聲音稍微大點就能蓋過下課鈴，李清潭喝了兩口水，隨手將礦泉水瓶放在窗臺上，從外套口袋裡翻出手機。

排練開始前，他傳了訊息給雲泥，問中午去不去學生餐廳。

她又回覆說不去。

李清潭靜靜看了兩秒，關了手機，「走吧，去吃飯。」

「好哩。」蔣予從地上站起來，拍掉褲子上蹭到的灰，拿起外套搭在肩膀上，「學姐今天來嗎？」

「不來。」

「這都幾天了啊，她天天不吃學生餐廳，出去吃啊？」

「她說找同學帶了。」李清潭只穿了件短袖，剛剛出了汗，被風一吹有點涼，他又把外套穿上了。

「她不是說和班上同學都不太熟嗎？」蔣予上次在學生餐廳碰見過雲泥之後，回去就和李清潭說了這件事。

兩人出主意，打著向她請教念書問題的幌子，找她一起吃飯，但自從清明節過後，雲泥只來過一次學生餐廳，給了他一份完整的念書計畫，之後就再也沒和他們碰過面。

李清潭也不知道這中間出了什麼差錯，她找的理由總是充分有理，高三了要考試，她成績好，老師總是盯著她，下課了也總找她去辦公室。

這無法反駁。

但他始終覺得有哪裡不對勁，就好像她又把自己往外推，雖然不動聲色，可距離卻在一點點拉遠。

這種感覺一點也不好受，可他又一點辦法都沒有。

很快，校慶如期而至。

那一天學校張燈結綵，橫幅拉了一條又一條，歡迎天南地北的優秀校友回校參訪。

上午，李清潭和蔣予在大禮堂彩排，他們的表演內容簡單，但設備有點難弄，就隨便走了下位，大致把流程過了一遍。

結束時，負責整場表演的老師交代道：「你們的節目我往後調了幾個，但你們下午還是要早點過來，把設備裝一下。」

蔣予笑：「知道了，謝謝老師。」

從禮堂出來，外面人山人海，廣播裡正放著三中的校歌，蔣予追上李清潭，從口袋裡摸出張票遞給他：「給，你要的。」

學校專門為這次晚會製作了入場券，正面是整個學校的俯瞰圖，背面一半是校規，一半是空白。

等到入場時，檢票的老師會在空白處蓋下三中的校徽，是很有紀念意義的一張票。

李清潭拿著票去了高三二班。

高三不參與校慶，依舊正常上課下課，但因為沒有老師，大多都在自習，不過也有學生偷溜出去湊熱鬧。

二班上午在考試，下課休息也沒人走動。

李清潭在走廊外站了一下，一直沒等到人出來，轉身去了角落的樓梯口，站在風口處抽菸。

草長鶯飛的四月，連風裡都是暖意，煙霧被吹散，又隨風飄向遠方。

他抽完菸，離放學還有幾分鐘，轉身將菸蒂丟進一旁男廁裡的垃圾桶，走到洗手臺前洗了手，又回到二班門口。

下課鈴聲響。

雲泥臨到交卷才發現沒寫名字，補完名字回到位子上，睡了一上午的方淼才剛醒。

她已經拿到了交大醫學院的保送名額，等過幾天錄取通知書寄到學校，就是正經八百的大學生了。

遠比她們這些還在獨木橋上掙扎的人輕鬆許多。

雲泥問：「去吃飯嗎？」

「走吧。」方淼伸了個懶腰站起來，手臂順勢搭到雲泥肩上，整個人靠在她身上。

剛出教室，她明顯感覺到懷裡的人僵硬了下，抬起頭，看見站在走廊上的李清潭。

方淼察覺到不對勁，鬆開手說：「我去個廁所，你們聊。」

雲泥站在後門，擋住了要出教室的同學，她往旁邊走了兩步，站到李清潭面前時，聞見一點淡淡的菸味。

陽光有些刺眼，她微偏了偏頭：「你怎麼來了？」

「蔣予弄了張票，讓我拿給妳。」李清潭把票從口袋裡拿出來，邊角有些皺褶，但並不影響使用。

他遞給她。

雲泥看了一眼，手垂在身側，沒接：「我晚上可能沒有時間，你還是拿回去讓他給別人吧，幫我跟蔣予說聲謝謝。」

李清潭沒說話，手也依舊伸著。

雲泥不敢看他的眼睛，視線落到他捏著票邊的手，食指和拇指上分別纏著一個ＯＫ繃。

兩個人僵持著，良久後，她妥協了，伸手接過去。

李清潭倏地笑了一聲，但這個笑和之前都不一樣，帶著些從未有過的自嘲：「妳真的沒時間嗎？」

雲泥心裡一緊，「晚上還有考試，可——」

「我知道了。」他毫不留情地打斷，丟下一句冷硬的「隨便妳」就轉身離開了這處。

她站在原地，像是被悶聲打了一棍，久久不能回神。

方淼從一旁慢吞吞挪過來，小心翼翼地關心道：「你們沒事吧？」

「沒事。」雲泥輕吸了口氣，把手裡的票遞給她：「校慶晚會的票，妳之前不是說想去看嗎，給妳吧。」

「不用，我找朋友拿到了。」方淼語氣試探：「妳真的不打算去啊，不是說李清潭和蔣予有表演節目嗎？」

雲泥沒有回答，胡亂把票塞進口袋，「走吧，我餓了。」

校慶晚會晚上七點開始，六點鐘左右就可以入場，方淼的朋友弄到幾張票，打算蹺了晚自習過去看表演。

走之前，她問雲泥：「妳真的不去嗎？」

雲泥搖了搖頭。

「好吧，那我走了啊。」

「嗯。」

教室裡弄到票的都去了大禮堂，沒弄到的也沒多少心思自習，拿著手機交頭接耳。

雲泥心不在焉地寫了一下卷子，停下筆，伸手摸到口袋裡的門票，攥緊了又鬆開。

她扭頭看向窗外。

大禮堂靠近南門，離高三教學大樓很遠，此時此刻裡面的熱鬧和喧囂都和這裡無關。

忙碌雜亂的後臺，女生的化妝品堆滿了整張桌子，隨處可見禮服和道具，地上都是亂七八糟的腳印。

李清潭和蔣予的節目在最後幾個，他還沒換衣服，從後臺另一側走出去，那裡可以看見整場的座位。

票是蔣予從內部拿到的，位子很靠前，在第四排第五個。

這個時間已經有學生入場，隨著時間的推移，那個位子的前後左右陸陸續續都坐了人。

六點五十。

學校領導、老師以及校友入場，他們的位子在前三排，經過一番走動，空位便沒剩幾個了。

李清潭靠著一側的柱子，簾子遮住他的大半身影，蔣予從後側走過來，「你站這裡幹嘛？」

他順勢往觀眾席看了眼，看到那個空出來的座位，「你票沒給學姐嗎？」

李清潭收回視線，往裡走，「給了。」

蔣予愣了下，很快反應過來。

給了，但人沒來。

他跟過去：「欸，說不定學姐有事呢。再說了，我們的節目在最後幾個，學姐現在不來，不代表等一下不來啊。」

李清潭沒說話，情緒卻肉眼可見的低落下來。

他走到角落的位置，拿起鼓棒，有一下沒一下地敲著鼓面，發出的聲響也是斷斷續續的。

光影從側面打下來，襯得他的背影有些落寞。

七點。

晚會正式開始，先是走流程的演講，從校長到優秀校友，陸陸續續說了大半個小時。

雲泥哪怕不在現場，但從班上那幾個女生的描述裡也能窺見幾分現場的歡快氣氛。

「開始了開始了！」女生激動地喚來好友：「我朋友傳了影片給我，靠，好想去現場啊。」

「到哪個節目了？」

「高一和高二的大合唱。」

「下一個是什麼？」

「好像是舞蹈吧，群裡不是發了節目流程了嗎，妳找一下，我手機等著接收影片呢。」

「讓我看看。」

前排一圈人圍著一部手機，不時冒出幾聲激動的尖叫和羨慕的嘆息，偶爾也會提到那個熟悉的名字。

雲泥再也看不進去任何一個字，心裡像是裹著一團亂麻，抽絲剝繭後又是另一番苦楚。

她起身走出教室，去廁所用冷水洗了把臉。

發呆的時間裡，方淼傳來一則訊息。

『還有三個節目就到李清潭他們了，妳真的不來嗎？』

雲泥垂眸看著手機，臉上沒擦掉的水順著臉側滴落在螢幕上，模糊了那個名字。

她沒有回訊息，走到樓梯口，風裡有很淡的菸味，和之前聞到的不太一樣。

月光落進走廊，少女的身影落在地上，夜色悄無聲息的揣測人心。

同一時刻的大禮堂，氣氛被上一場男團舞掀入高潮，李清潭在滿場的歡呼聲裡走了出去。

四月的夜晚還帶著幾分涼意。

他穿了件單薄的白色長袖T恤，站在燈光照不到的牆角，打火機的火苗在風裡搖搖欲墜。

手機放在長褲口袋裡。

李清潭一手夾著菸，另隻手摸出手機，點開那個熟悉的暱稱，快速打了幾個字，要傳送時卻猶豫了。

他低著眸，菸灰落下的瞬間，抬手點了傳送。

裡面又結束一場表演，李清潭沒等到回覆，轉身進了禮堂，路過觀眾席時，他看了眼那個空出來的座位，心徹底沉了下去。

蔣予換了身和他差不多裝扮的衣服，白短袖黑色七分褲，清清爽爽的造型，很有少年感。

他笑了下：「趙老師剛剛在找你呢，說可以把鼓搬過去了。」

「好。」李清潭抬手向後撥了下頭髮，露出額和眉的輪廓。他走到鼓旁，莫名覺得喉嚨發澀，回頭問：「有水嗎？」

蔣予拿了瓶沒開過的純淨水遞過去：「你又去抽菸了？」

「半根。」他擰開喝了口水，喉嚨的澀被沖進了心裡，壓得他快要喘不過氣。

幕前，主持人在報幕，角落入口處的門開了又關，有人出去有人進來。

幕後，李清潭和蔣予將設備整理好，隔著一層厚重的簾布站在暗處，蔣予第一次登臺表演，難免有些緊張，嘴裡還在哼著旋律。

李清潭從縫隙裡看著烏泱泱的觀眾席裡那一個空出的座位，垂眸輕輕嘆了聲氣。

過了十分鐘，上一個班級的短劇圓滿落幕。

李清潭跟著趙老師從側面上臺，將爵士鼓的設備調試好，燈光沒有照到這一處，他整個人坐在黑暗裡，和其融為一體。

熟悉的前奏響起。

蔣予走到臺前，朝觀眾席做了個標準又瀟灑的美式軍禮，惹得臺下一眾女生歡呼尖叫起來。

他扶著麥克風，回頭看向右側。

一束耀眼的燈光隨之打到那一處，李清潭坐在光裡，臉龐漂亮又好看。

他單手握著鼓棒，另隻手扶著麥克風，微微低頭靠近，清澈乾淨的嗓音傳遍整個大禮堂。

「這首歌，送給一個很重要的人。」

臺下觀眾席因為他這句話而沸騰起來，李清潭恍若未聞，鼓棒飛快地在指間轉了一圈。

在蔣予開口的同一瞬間，他抬手敲了下去——

「／你說呢／明知你不在還是會問／空氣卻不能代替你出聲／習慣像永不癒合的固執傷痕／一思念就撕裂靈魂——」

蔣予低沉細微的嗓音和爵士鼓抑揚頓挫的立體鼓點完美融合。

唱至高潮，鼓點越發急促，兩道不同音色的聲音一前一後，卻又極好的交疊在一起。

「——我不願讓你一個人／一個人在人海浮沉／我不願你獨自走過／風雨的時分／我不願讓你一個人／承受這世界的殘忍／我不願眼淚陪你到永恆——」

人山人海的歡呼聲裡，雲泥站在誰也注意不到的角落，隔著滿場自發舉起手電筒的搖曳光影中，看著那個坐在光裡的少年。

他穿著寬大而乾淨的白T恤，揮舞鼓棒的身影瀟灑俐落，神情有些冷淡，敲出的鼓聲卻是熱烈的。

如同歌聲裡明明截然不同卻交織在一起的藏不住的喜歡和聽得見的落寞。

轉身離開的瞬間，她終於忍不住，眼淚如暴雨般落下。

校慶晚會結束後，一向在學校低調行事的李清潭憑著出眾的外貌，在一夜之間成為三中的紅人。

那一段時間，只要一打開群組和論壇，必然都能看見李清潭的名字，甚至還有人專門幫他建了一個專欄，就在裡面放他的照片。

有認識的人隨手拍他在學生餐廳吃飯的側臉、打球時露出的腹肌，還有走在路上一閃而過的背影。

也有五班內部人員提供的各種近照。

最大尺度的一張，是蔣予有一次沒事湊熱鬧發的一張他剛洗完澡出來，沒穿上衣只繫著浴巾的正臉照。

少年五指向後撥著潮溼的黑髮，少有的大背頭造型，露出飽滿的額頭，漆黑鋒利的眉眼混著水氣的氤氳，畫面感和衝擊力都很強烈。

因為這張照片，李清潭在三中的人氣猛地往上升了好幾倍，走在學校外面都能被人認出來，甚至還有外校的男生跑過來加他的聯絡方式。

蔣予知道這事之後，笑了好久，結果被他一氣之下揍了一頓，逼著把那張照片刪了。

後來，李清潭被不停的議論和無休止的偷拍搞得很煩，有好一陣子都待在家裡沒來學校。

但他沒想到，也就是那段時間，三中發生了一件大事。

——《雲泥》未完待續——

高寶書版致青春
美好故事
觸手可及
蝦皮商城同步上架中！
https://shopee.tw/gobooks.tw

高寶書版集團
gobooks.com.tw

YH 163
雲泥（上）

作　　者　歲見
封面繪圖　虫羊氏
封面設計　虫羊氏
責任編輯　楊宜臻
內頁排版　賴姵均
企　　劃　何嘉雯

發 行 人　朱凱蕾
出　　版　英屬維京群島商高寶國際有限公司台灣分公司
　　　　　Global Group Holdings, Ltd.
地　　址　台北市內湖區洲子街88號3樓
網　　址　gobooks.com.tw
電　　話　(02) 27992788
電　　郵　readers@gobooks.com.tw（讀者服務部）
傳　　真　出版部(02) 27990909　行銷部 (02) 27993088
郵政劃撥　19394552
戶　　名　英屬維京群島商高寶國際有限公司台灣分公司
發　　行　英屬維京群島商高寶國際有限公司台灣分公司
法律顧問　永然聯合法律事務所
初　　版　2024年6月

本著作物《云泥》，作者：歲見，由北京晉江原創網絡科技有限公司授權出版。

國家圖書館出版品預行編目(CIP)資料

雲泥/歲見著. -- 初版. -- 臺北市：英屬維京群島商高寶國際有限公司臺灣分公司, 2024.06
冊；　公分. --

ISBN 978-986-506-986-5(上冊：平裝). --
ISBN 978-986-506-987-2(下冊：平裝). --
ISBN 978-986-506-988-9(全套：平裝)

857.7　　113006376